無法預知的遠方

陳志堅

無法預知的遠方

作者／陳志堅
策劃編輯／周淑屏
協力編輯／羅詠恩
美術設計／陳詩韻
插圖／張超樂
出版發行／突破出版社
香港沙田亞公角山路 33 號突破青年村
電話：2632 0000　傳真：2632 0388
電郵：breakthrough@breakthrough.org.hk
網址：http://www.breakthrough.org.hk
http://www.btproduct.com
承印／陽光印刷製本廠
2018 年 7 月初版 1 刷
2025 年 9 月初版 5 刷

Follow Your Dream

by Kiancast
First Printing, First Edition, July 2018
Fifth Printing, First Edition, September 2025

Printed in Hong Kong
ISBN 978-988-8392-86-5

每一個
年輕人都應當
乘着夢想的
翅膀出航。
成長文學

目錄

序：Follow your dream

游欣妮

記得初次與陳志堅老師見面，在我校中文資源室。那天志堅老師到校與幾位中文科同工分享交流，只見他談到寫作時眉飛色舞，興高采烈地分享閱讀和指導學生創作的心得，盡現愛書、惜書的狂熱。「一定要多閱讀！放假我就是和太太結伴到 café 看書。」志堅老師說。

幾年後再次見面，是我到志堅老師任教的學校與同學分享，二人像換了個角色。那天特別吸引我的是幾位來自不同國家的同學，其中坐前排的一位非洲妹妹教我特別好奇，一頭鬈髮，整天笑瞇瞇的，像個可愛的娃娃。分享期間，我尤其在意前排幾位外籍同學，生怕自己說得投入忘形，節奏過急，同學趕不上——受到主觀情感影響，彷彿總覺得非華語同學學習語文不容易。

然而，學習本來就不容易，只是容易與否委實無礙心志。志堅老師筆下的每個生命不是都切身經歷着許多不容易嗎？故事裏許多情感與現實的拉扯、角力、掙扎……字裏行間透現細膩真情，細細讀着，時有觸動。既憶起自己的體驗，也不禁想像學生們日漸成熟卻仍帶青澀的時日。

在時日的消磨裏，要堅持發展與趣實在不易，何況志堅老師還要身兼多職，事事不遺餘力。雖不止一次聽他說希望主理學校圖書館，目睹他辦閱讀日、文學獎……力量無窮似的！他那推廣閱讀與寫作的決心自不用懷疑，然而還是忍不住為他傷腦筋：如何分身兼顧這麼多職務？在極度忙亂的日子裏奮力保持寫作的熱情，實踐寫作心願豈不百上加斤、倍加艱難？生活的擔子日益加重之後，還可以放鬆心情瀟灑地說：「放假我就是和太太結伴到 café 看書。」甚至說：「放假我就是和太太結伴到 café 寫書。」嗎？

「糟糕了，不知那非洲妹妹聽得懂嗎？只見說到風趣的話題她笑，不怎麼惹笑的內容她也笑，我擔心是她太乖巧所以一直保持笑容啊！」講座結束後我急忙問志堅老師。「不用擔心，她聽得懂的，而且中文不錯呢！」接着娓娓數出校內十位來自世界各地的學生，韓國、日本、英國……

我記性不好，是尼泊爾妹妹還是印尼妹妹說的呢？當天講座完結前我問了一道問題：「如果現在我告訴你，我很想放棄了，你會對我說什麼？」我得到的答案相信志堅老師也必領受深深。

「Follow your dream！」

自序：朝暉與石磡

陳志堅

許多年後，我們仍然想像石磡到底會否開出花來？

我們總是以為花要栽花人才能栽種。栽花人替花澆水、施肥，添加營養液，花竟意外地沒有生長，且在花的競艷中，花無緣無故地枯竭了。栽花人不甘，於是，倒過來買入更多肥料和營養液，捧着一壺又一壺水來，加倍地澆在花上。花再次萎謝。似乎當栽花人力圖以不同的營養、花藝栽花，他彷彿忘記了將花盆擱在陽台上，吸收陽光。栽花人毫無頭緒，困囿於水和泥的表徵裏，他走向陽台，眺望堤岸，竟瞥見岸邊的石磡縫中，已毫無預兆地開出花來。

正當我們以為用各樣的補充劑與技藝，可以為孩子鋪設平坦，我們又以為憑我們的經驗，定必為孩子構建安舒，然而，我們似乎未曾想過，怎樣才能塑造孩子的靈魂。如果花沒有陽光，就像人沒有遇見神；如果孩子要被建造，他必須要陽光。

當我們走過堤岸，只見石磡平白地擺放，巨大的石磡雖然厚實，但它忠誠，忠誠何價？孩子可以從事不同行業，尋求夢想，追逐榮華，然而，若沒有如石磡般的忠誠，多少人的結局，都付笑談中。唯有忠誠的人在不同處境裏安穩又自在，且能開出花來。

花孤獨地長在石磡縫上，途人慣常地走過，看花仍舊是老樣子，久而久之，不屑一顧。有天，遠方的旅人緩緩地走過堤岸，朝暉映照，花豔自得旅人驚歎，於是，旅人霍的取出相機，拍下這晨曦的花繪。

孩子，請在這變幻莫測的世代裏，仍然持守忠誠，尋找價值，有天，待惜花人悄然走過，將會塑造出難以想像的美好來。

自序：朝暉與石磡

無法預知的遠方

那年匆匆，分不清是樂意還是脅迫，王露一逕乘飛機抵達倫敦希斯路機場。

一個無風的下午，空氣有些翳悶，路旁種植一棵棵矮樹的樹葉都已脱落，是名副其實的倫敦秋景。王露的意志有些渙散，卻仍舊找着雷納姆大道兩旁潔白的樓房。她拖着銀色行李箱，按電郵的提示，只要經過第十九棵樹，就會瞥見雷納姆三十八號屋。樓房都是兩層高，頂部斜落，鋪滿瓦片。路的中央一柱電線桿孤立地豎着，延伸開來的電線繫着每間獨立式樓房，彷彿電線一旦鬆脱，樓房就會倒下。王露推開三十八號屋門前鐵柵，手抓着門把敲了兩敲。她發覺屋內窗簾緊掩着，牆身似乎是所有樓房中最潔白的，花槽應該常常打理，草修剪整齊，花開着，估計是杜鵑，卻不十分確定。門打開來，眼前女子以白色布包裹着頭，一襲白色長袍；女子深邃的目光十分睿智，架着幼絲眼鏡，棕色皮膚幼嫩，大概二十五、六歲開來。女子主動跟王露握手，邀請王露進內。

女子是蘇菲，是她寫電郵予王露的。自從蘇菲在網上搜尋合租人，回覆的人倒不少，蘇菲挑選了王露，因為中國人闊綽，不大計算。

王露坐在客廳木靠背椅上，張看四周甚是淨雅，牆身一貫的白，屋裏外沒有兩樣。牆身紋理自然，一直延伸至飯廳，壁爐裏沒有柴，空空的爐活脱如裝飾，几案上有書寫阿拉伯字的雜誌，封面是全包裹着黑布露出一雙碧麗眼睛的女子，驟眼看來與蘇菲的眼睛有些近似。飯桌旁邊是四張餐椅，地氈灰色短毛，沒有花紋。王露估計這是戶主的設計，畢竟租客輪換，簡約裝飾符合口味，然而王露不打算向蘇菲詢問。廚房傳來瓷杯碟的碰撞聲，蘇菲端着茶壺來，輕巧地放在餐桌上，置好瓷杯，替王露斟茶，茶葉溢出一股龍井香氣，同時王露一直在聽蘇菲述説怎樣才可沏出最甘香的茶味。對於阿拉伯人竟在倫敦學習中國茶道，王露認為不可思議。

她們談了一整個下午，直至黃昏。

蘇菲問：「那麼你什麼時候開始上班？」

王露呷一口龍井後說：「下星期一。」

蘇菲替王露添了些茶，說：「在什麼部門工作？有生活津貼嗎？」

王露打了個哈欠說：「我沒有留心津貼，反而工作部門倒有新意，部門稱作防範金融犯罪及金融系統濫用監管認證部，我負責評估該銀行全球防範金融犯罪的合規程序和管控措施的成效。」

蘇菲眨了眨眼說：「我完全無法理解，請再朗讀一次。」

王露笑了笑說：「簡單來說就是防止洗黑錢。」

蘇菲恍似閃過了什麼念頭，只點了點頭示意後，着王露早作休息。至於蘇菲，她習慣在晚上繪畫工程圖，雷納姆大道的居民都知道，每個晚上，三十八號樓房的燈常常開着。

天色漸亮，就如天地初開的景象，樓房外花叢中一隻優紅蛺蝶最初安然佇立在葉頭，風一吹來，蛺蝶振翅遠飛，且逐漸消失在天際。王露站在玻璃窗前，目光一直循着蛺蝶的軌迹，直至一位女士拖着一隻靈動的法國老虎犬經過，狗狺狺地叫，牠的目光直視着王露。法國老虎犬似乎沒有什麼惡意，王露卻有些怔忡驚愕，然而那女士彷彿沒有打算離開。她束着一雙辮子，藍眼睛，臉部黧黑，肥胖身形，穿着迷彩長衣，看來有些陰陽怪氣，王露睜着半合的眼仍能窺見她的霉臉，甚是駭人。於是，王露退回房間，更換首天上班的衣服，整套黑色套裝襯托高跟尖頭鞋，裏頭是粉藍色絲絹恤衫，看來端莊兼具柔性。她提起公事包，走至門前自門孔往外瞄，她一直在看着那女士，直至女士離開為止，她才安然打開大門，穿過鐵柵，左右顧盼，感覺四處一片岑靜，唯王露估計整天將無法撇下剛才的那份妖惑，就像剛看罷一齣小丑電影般戰慄。

王露在倫敦河岸「加拿大廣場」上班，銀行總行甚具氣派，整幢似銀色為主調的樓宇配上全玻璃幕牆，甫進大堂已見華美裝潢。王露自踏進辦公室大樓，就如劉姥姥進入大觀園，而在辦公室裏的人，似乎無法分得清來自什麼國籍，總之就是各種膚色都有。

那邊皮膚黑黝黝的少女是個可人兒，王露故意趨近，果然無意間挑動了她的注意。

這是王露首次認識來自非洲的同事。在她的印象中，非洲只限於飢荒、戰亂、野生動物，或者動物大遷徙，怎料眼前這貨真價實的非洲少女，打扮時髦，身段還稱得上婀娜，意態嫵媚。她來自尼日利亞，是倫敦帝國學院的優材。

「你好，我是林馬，防止金融犯罪部同事，歡迎您。」

「王露，你好。」王露靜默了片刻，再問起林馬：「是呢，在這裏工作不錯吧？」

「怎麼說，是，我們這裏常常提着團隊，資訊互相流通，常常超時工作，熬夜屬平常。」

「明白，我已作心理準備。」

「很好。」

「你怎麼老遠跑來倫敦？」

「怎麼說，尼日利亞要與世界接軌，我打算把好服務帶回去。」

「這想法很成熟啊！」

王露心裏一緊，不由得想像自己沒有什麼意願，本來就只打算看看這世界而已。

似乎仍未有妥當的共識，王露卻抵不住倫敦街頭的美奐，兀自離開香港。那天，王老爸和老媽坐在飯廳中，王露似乎看得見老爸媽的心隱隱地抽搐着，老爸緊抿着嘴，眉頭有些皺，不發一言。老媽把洗滌好的碗碟再洗一遍，王露在老媽後頭叫了聲「媽！」

老媽反應有些遲疑，卻趁黃昏未降，眼睛仍然靈動，在廚房櫃內掏出一瓶雪花膏，放進王露的背包內，王露心頭一陣悸動，再喊了聲「媽！」老媽踱步坐在椅上，老爸端來白飯，提起筷子揮動了幾下，說：「快吃快扒，吃個飽。」王露把菜苗夾在老媽的碗內，又趕忙替老爸舀湯，只見熱氣氤氳，她在水氣中透眼瞥看老媽，竟分不清媽是欣慰還是傷感；老爸又以左手捧飯，右手揉搓按壓着血脈賁張的小腿，口裏喃喃地說了些話，問王露究竟對還是不對，王露結結巴巴地虛應了，卻換來老爸媽整頓飯沉默不語。

這是第一天上班，沒有特別忙碌，然而新鮮與回憶中的事同樣重要。日月累疊觸碰了生命的邊界，王露心頭仍未定下來，倫敦與香港在記憶中交織和混淆着，她已無法想像在平行時空下，如果此刻不在倫敦，她在香港將會演變成怎樣的自己。

為了不負自己，王露遂在電腦翻出許許多多的檔案，一整夜在看，才驚覺部門這些年來都在打擊犯罪集團洗黑錢，近年更牽扯到恐怖分子資金流轉與戶口凍結的事故，檔案有些新聞資料是她曾在報道中見過，這種介乎熟悉與陌生間的快感，竟促令王露越發的有興趣。

*　*　*

屋簷下的秋色，柔化了疲憊的軀體，佇立在窗前，蘇菲遞上早晨既定的咖啡香，混和她身上的體香味，形成一種獨有的寂寞如鄉愁。王露想像少時與爸媽走在童稚的光影中，如今已經和世界的荒謬接軌，時空的代謝如此迅速。蘇菲把瓷杯遞向王露，兩杯相碰產生清脆的迴聲，現實的鏗鏘有力在模糊的記憶下顯得更加具體，王露深吁一口氣，問：

「蘇菲，你自小就是這樣嗎？」王露指向蘇菲的打扮。

「怎樣？你指外出時的裝飾對嗎？」蘇菲語畢，王露點頭應和。

「我似乎習慣了！有時我會揣想外頭的華美，然而心中有股聲音呢喃，挺唬人的，所以乾脆適應了，阿拉伯的生活方式彷彿把我蒸餾，淨煉過後的我顯得更加純粹。」

「怎麼說，我從前在香港亦只是屋邨女孩，即是住在政府資助房屋，然而就是基於不甘困囿於自我的思緒，才打算出走。」

「你不認為倫敦是個危險的地方嗎？早前的襲擊令人猶有餘悸。」蘇菲走至餐桌旁坐下，脱下頭巾，取來些普洱茶葉，放在茶壺內，開始沖製。王露亦坐在餐桌旁，沒有作聲。風自窗隙吹入，耳畔聽見怪呼呼的聲音，王露拉緊外衣，一陣顫抖，隨即吹口暖氣在手心。蘇菲及時端來暖茶，茶香飄溢，呷一口沁人脾胃。

蘇菲說：「原以為來到倫敦心靈可以有些舒解，豈料那天在市中心咖啡店，本來打算休閒一會，可是心血來潮，把工程圖置於桌上閱讀，就在修改圖則的意念尚未成形時，旁邊一位老先生刁得很，忽爾拚了命在罵，我當下慌着，來不及回話，老先生居然抽起我的工程圖指着，命我講出哪裏有炸彈。這簡直是荒謬，我不住問他『什麼事？什麼事？』老先生只越發大聲的說『炸彈』、『炸彈』。」蘇菲一邊講說，眼眶的淚滴下，剛好落入龍井茶裏頭。

王露隨即起來，走到蘇菲旁，把蘇菲擁着，右手一直在撫摸她的背部安慰。蘇菲的呼吸從本來倉促而逐漸平靜下來。王露以溫婉的聲音問：「然後呢？」

蘇菲屏着呼吸說：「然後，老先生在餐桌上拿起白銀餐刀，狠勁地刺向工程圖，圖一戳就破。他向外一揮，工程圖自老先生手中墜落，可一陣逆風吹來，工程圖直往窗外飄至不知哪裏去。我簡直獃了，猶來不及反應，幾名年輕店員邊撫慰老先生邊拉着他退至門口。我無法忘記老先生節節後退時拋下的話，話語就如擱淺在心裏，久久沒有風乾。」蘇菲說話時愈見瘖啞沉緩。

王露還是首次聽到這種事情，心裏頭充滿不定的思緒。不知是否過度驚慌，蘇菲的身體一直有些抖，王露只好繼續安撫，然而她知道，這種傷痛如身體上的痣，一旦發現了，總是無法磨蝕消失。

* * *

兩個月後，這天王露起得特別早，天氣有些陰寒，厚厚實實的雲層灰灰白白，在更迭變幻的氣候裏，原來的豔刺終究成了葬花，滿地的乾枝枯絮並不唯美，而又彷彿鋪陳了一條淒清大道，直通往那不確定的將來。王露今天的腳步顯得特別重，心裏頭有些不知所措，精神仍覺萎靡，卻不經意地趨步至銀行。

王露剛放下手袋，林馬立即請全組員工到會議室去。她故意坐在林馬旁邊，方便照應。怎料會議室的冷氣機不知受着怎樣的干擾，竟無法加速空氣的流動，驅使室內的人血脈上騰，就連長枱那端幾位平素經驗老手亦紛紛議論起來。王露設法理解這種狀況，她揣想老手們以往對事情的了解應比今次多，這突如其來的消息着實使人失措；至於王露，她認為只要呈現眼窩耷拉下陷，樣子清癯，一副剛大學畢業且乳臭未乾的面貌，對自己而言應不是太過困難的。此際，史密夫先生挺進會議室，各人隨即把目光注視在他身上，他脱下西裝外衣披在座椅背，摺起衣袖，就說：「各位，銀行已偵得巨額款項自阿拉伯地區流入銀行，幾乎可以肯定是恐怖組織背後的匯款，我們需要分成三組，一組了解資金流向，一組分析數據，一組與不同部門和執法機關聯絡。我們有四天時間，請按指示分組，各組設組長，每晚匯報進度。」王露瞥看會議室內同事的反應，點頭、寫短訊、交談，或者仰頭思考，反正都是一臉正經的模樣。王露感覺腦內不安的思緒正在發酵，那尖削無情的狀態儼如刺透生活，為了表現合拍，她向同事點頭微笑，右手拇指與食指夾着銀色鋼筆不住轉動，企圖掩飾那介乎具體與虛妄之間的感受。至於林馬，她簡直有掩不住的興奮，心中恍若盛滿期待，就如萬物蟄伏後初醒的氣息。

王露獲分派調查資金流向。她從蘇菲得知阿拉伯人會將資金分割，存款在不同的戶口，再經不同的國家電匯款項予一位管家，管家在銀行以不同貨幣提取現金，總之過程愈複雜愈能掩人耳目。縱然，王露沒有對蘇菲起疑，也曾知道蘇菲有不同的銀行戶口，這是她們的生活習慣。

王露這四天以來一直伴着林馬，她從來沒有預料非洲人做事如此認真乾脆，林馬每次請王露把運算過的項目重新再翻開，有幾回抽出其中可疑的推測，而林馬就這樣抓住王露錯判的地方。王露待在銀行裏不知不覺已經兩天，她致電蘇菲。

「蘇菲，我今夜又無法回來。」

蘇菲回說：「可憐！請自當心，留心別忘記吃喝和睡眠。」

王露「嗯」了一聲，卻不知從何而來的想像，她想起那天早上的女子和法國老虎犬，就說：「蘇菲，我曾經提及的女子和狗，還有出現嗎？」

蘇菲有些怔忡，話語斷續地說：「有……有，而且，一直都有。」

王露理解蘇菲的擔憂，告訴蘇菲別怕，她今夜凌晨怎樣也會歸來，伴她入睡。今夜倫敦街頭無故下起冷雨，氣溫驟降，王露無法撇下蘇菲那顫抖的聲音，她曉得女子和狗一直是蘇菲的威脅。蘇菲曾經告訴王露，女子和狗許多年前亦住在雷納姆大道，自從蘇菲搬進來，不知是否觸碰了女子過度的神經，她就是不歡迎阿拉伯地區的人。蘇菲說那頭法國老虎犬彷彿較主人有性，好多次瞥見狗牽着主人，扯着主人離開。有回在對面馬路，狗還回頭看蘇菲，就像告訴蘇菲，牠會管好自己的主人一樣。

在這裝潢前衛具時代感的銀行大樓裏，王露卻想起雷納姆大道三十八號屋外的寧謐，不知那穿透屋外的玻璃是否仍舊沾上霧氣，如果霧氣可以作為屋子內外的屏障，至少蘇菲可以因此減少憂慮。倏忽，後頭傳來史密夫先生的聲音，他以高亢的聲調告訴同事，三十分鐘前已有效地追截到這批可疑匯款。王露頓時吁一口氣，在林馬身旁使了個眼色後，悄然地提起手袋回去。

* * *

待至一個月後，蘇菲亦向公司遞交了工程圖，她與王露選擇暫別倫敦，前往那無法預知的遠方。一片絳紫晚霞，餘暉漶漫，迷霧縈繞，兩人這趟來到亞馬遜熱帶雨林，打算體味這地裏頭蜿蜒的河岸與豐茂的樹梢到底是怎樣的形態。蘇菲曉得王露刻意騰出假期，完全是為了處理自己的憂愁，而進入雨林的抉擇，就像具備非凡的意義。兩人坐在亞馬遜森林裏的船上，船自河道沿着落日方向駛去，頃刻，她們像走進榛莽未闢的洪荒，船夫沒料到乘客的膽子小，雖然皮膚黝黑，面部呈現自若的閒適倒是實情。蘇菲張大手臂，猛吁了一口鮮活的空氣，豈料身旁的王露瑟瑟發抖般，她常常懷疑自己隨時給蛇嚙咬，定必死在這裏。蘇菲曉得，故意讓王露坐在船中央。

蘇菲說：「王露，你怎麼身體硬梆梆？船家跟你有仇嗎？」

王露説：「仇是沒有，只覺河裏有些不知名的怪物正在虎視。」王露在前往巴西前，特地學了些葡萄牙文，像一道濃淡適中的菜餚，她以有限的葡文夾雜英語，問船家前路。船夫似懂非懂，以為請他介紹景色，故此，舉凡蛺蝶、麻鷹、枯草或者水紋等，船夫皆設法以英語説白，手指掃向不同的方向，就是要盡可能使兩人理解。忽然，船流經樹林滿佈的河段，蚊子叮得王露手臂腫了一塊，船夫隨即用手指在樹幹上一抹，然後將螞蟻的屍體塗在王露手臂上，因為螞蟻吃了某些植物後會釋放一些物質，蚊子嗅着就不再叮了。船夫這樣在樹林裏生活，似乎這輩子都不曾離開過。

在紛紛擾擾磨人的日子，王露除了這次有機會與蘇菲外闖，銀行工作的生活使人有些羞赧，就像不好意思撇下大白天的工作，逃往更具知性的世界。然而這是王露甘心的抉擇。這次亞馬遜之旅雖然短促，卻在記憶裏成為她美好的想像，縱然時間會把她們遺忘，然而這種對閒晃的渴求，除了雷納姆大道以外，終究是她們最大的期待。

老師感言

王露與一般的屋邨少女沒有分別，只是她愛英文。然後，她從來沒有想像自己到世界各地遊歷，更沒有想像自己前往英國倫敦。中學同學一直無法理解王露怎會在銀行工作，她中學時修讀中國文學、中國歷史和世界歷史。直至她升讀香港科技大學環球商業管理學士課程，所有同學大吃一驚。大學畢業，她考入羅兵咸永道會計師事務所，在公司裏負責一般會計工作。後來，公司裏有許多與法律有關的工作，她看見公司的律師處事認真，有幹勁，從他們謹慎客觀的處事方式裏，她覺得考取法律學位或者都有價值。於是，她在當會計工作期間，修讀了法律學位。

王露從沒有考慮當會計、當律師還是其他類型工作最適合自己，然而她性格樂觀，相信有天會找着自己喜歡的工作。對於這個學生，老師一直擔心的是，她沒有好好把握自己的才能，如果她能在某個領域穩定下來發揮自己，她定必能在社會上有許多貢獻。

那年冬天，王露隨公司往英國總部開會，會議裏頭認識了英國銀行界許多不同國籍的人，其中在英國倫敦滙豐銀行總行的一位要員十分賞識王露，她不僅了解中國人社會的文化，同時亦有靈巧活潑的思維。在短時間內，英國倫敦滙豐銀行有意邀請她前往工作。在與要員的一席晚餐後，加上幾天的考慮，王露決定前往英國。

意料之外，王露被派往防範金融犯罪及金融系統濫用監管認證部，回看自己曾經是石籬邨的屋邨少女，現在竟然參與全球防止「洗黑錢」的工作，怎樣看來，兩者之間似乎找不到共同的註腳。然而，她樂觀的性格，相信傳統，放眼世界，正正是她成長裏的重要本質。今天王露已經是部門裏其中一組的組長。

她除了在英國倫敦滙豐銀行總行工作，每當有時間，她會在歐洲或世界不同的地方遊歷。至今，她已踏足四十二個城市。在不同的城市裏，城市的特質給她帶來不同的詮釋，以至她在生命成長裏繼續變化，尋找更新的境界。亞馬遜的經歷和體驗是她其中一個最深刻的經歷，亦讓她學會在平凡生活裏尋找樂趣的生活方式。她在中學時沒有參與任何運動項目，現在時有在歐洲滑雪和划艇，生命成長的歷練中不停轉變，性情的變化促使她成為更有內涵和品質的人。

秩序

如果不是偽裝，或許已經瘋了，這城市剩下來的還有什麼？

宏信沒有料到自己會投身這行業，大學畢業前仍打算考進電視台當新聞報道員，當報道員不成的話當個採訪員，說不定有朝成了《戰雲密報》裏面的湯漢斯，確確切切地演活了「本・布萊德利」，拯救《華盛頓郵報》於火熱之中。

宏信家規嚴，爸無預警的設局驅使他成熟。他仍在唸大學，一次家庭聚會，爸邀了幾位社會賢達共晉晚餐。客人將至，可是，宏信瞥見長椅旁一桌狼藉，他一時瞠目，捂住臉蛋不敢說話，桌上原來都是自己寫得混亂的講稿、今早喝剩的橙汁和未有清洗的碟，碟上幾條意大利麪仍沾着茄汁。他明天要在會堂演說，然而，他記得上回爸的友人到訪，他來不及好好收拾，爸氣得幾乎把他收拾了。這些社會賢達包括電視台的史先生、報社的倫先生、地產界的古先生和人稱股王的霍老闆。爸從前經商，生意做大了賺了好些錢，於是好賙濟，俯視眾生，救助了不少窮人。爸打算請這些社會賢達共享其中樂趣，這正是這頓飯的本質。

「我認為現在是買股的好時機，北水南來，資金充斥市場，況且政府近來慌亂，處處托市，比起我們還要緊張。」古先生説。

「的確！一隻手掌拍不響，市民賺錢，多得政府這個潛在炒家。」股王洋洋自得。

倫先生和史先生亦老實地點頭，他們老早得了資訊，撈了一筆。

爸爸亦附和地笑，抬首張口，手指抖着説：「你們都本事，都本事。話説回來，我今天邀大家來打算談論一下慈善基金會的事。」

只見四位叔父先生八目亂投，股王佯裝咳嗽，宏信瞥着他們的嘴臉。

「慈善基金無他，幫助一些人，好像是忙碌大半天而來的午後閒情。」爸說。

宏信按捺不住，接着爸的話說：「無錯，爸雖然老聲老氣，卻是碗碟分明。」

倫先生說：「我們樂意之至，就在報刊賣幾個廣告。」史先生亦表態：「電視台推廣更加有效，辦一場慈善晚會，好快人所共知。」

古先生說：「來，喝一杯！預祝慈善晚會成功。」股王隨即舉杯，一飲而盡。

爾後各人都離開了，爸請傭人執拾。宏信說：「爸，我看各人都在裝模作樣。」

爸說：「還不錯吧！至少樂意辦些事情。」

宏信說：「還不是為了名譽而已！」

爸說：「算是好開始，沒有頂心頂肺已經好，爸認識他們許多年了。你知道嗎？富人最拿不出來的，就是錢。」

宏信歎了聲：「現在基金就像眼前這杯鐵觀音，生津解渴，卻不見得能解餓。」

爸淺笑着，輕拍了拍宏信的肩。

*　　*　　*

今年，大學栽了櫻花，吉野櫻開遍校園。宏信這天睡得淺，全因旁邊山坡路旁不住的打樁聲，又一個新樓盤建築。宏信家在大學旁，隔窗眺望吉野櫻，粉紅色的一叢叢花海勾連多少人的心境，只是城市噪音過度的格格不入，現實與夢怕是混淆得貼貼服服。宏信一直在看樓，想像樓將會建築成怎箇模樣，若非爭競，都市人或者可以避免彼此消弭，生活得更加自在。

宏信跳上的士，抵達公司，正式加入職場。公司是古先生的，坐在後頭的是榮少，其貌不揚，看來不是好人，他是這店的主管。公司裏頭還有許多人，多得無法記起，只曉得自己今天夥拍濤，濤在公司七年了。店舖門外張貼着各種樓盤資料，通常櫥窗看見的廣告都不真實，一般比市價便宜，哄得客人以為不落疊就會走寶。

濤今天帶着一對老夫婦，夫婦兩人看房子，買給孩子結婚。濤在前頭和老先生交談，他對待老先生可真恭維，又恭祝孩子結婚，又祝福兒孫滿堂，在現代文明社會有如此開明的父母，果真開通。

老先生說：「沒得怎樣，買房子就是父慈子孝，將來孩子孝順自己，什麼都回來了。」

濤顧不得歪理不歪理，只管說好，稱讚老先生懂生活智慧。

宏信邊聽邊皺着眉，卻伴着老太太跟在後面。對於濤這種突如其來的虛情，想必是老手，竟面不改容地製造這和善的假象。宏信幾可認定濤並非善男，他只在誘使人家擺出家當，做成生意。宏信悄然告訴老太太：「看了是否合適，合適可以洽談，不合亦無不妥。」

老太太笑瞇瞇的對他說：「我什麼都不懂，只看老先生怎樣考慮。」

黃昏的太陽幾近紅彤，看了很多單位，老先生表示回家考慮，臨行特別感謝濤。宏信亦欠一欠身感謝老先生、老太太。回到公司，濤坐在椅上，打開電腦，開始在網上看各類資訊。宏信一直瞥看他，他似乎氣定神閒，彷彿對身邊的事情毫不感興趣，宏信這次才真真正正體味冷峻與僵滯的關係，剛才的熟絡就像一場臨時上演的戲碼，既真且活，毫不矯情。

宏信的爸一直樂意孩子嘗試不同的事情，只是宏信接觸地產業是他意料之外的，他本以為宏信喜愛自由，平常亦罕有與他連袂出現，他一直只管自己愛管的事。今天宏信回來，新體驗似乎未能打動他回心轉意的思考。

「爸，回來了！」

「怎樣？今天有什麼新奇？」

「新奇倒沒有，古先生沒有供出我的身分。可是，我雖然理解經紀們的思慮，然而我仍要時間適應這種溝通方式。」

爸爸回說：「有時鈍一點看似不中用，然而心裏倒是平和。」宏信點了點頭，然後說：「怎麼說，在進取與平庸之間，有些東西仍要持守。」爸沒有否定宏信的想法，他要藉這次機會，看他可以走至怎樣的邊界，從而對他將來可作怎樣的理解與詮釋。

宏信自從上次跟濤帶同老夫婦看了又看，他大抵掌握到客人的需要。他知道事前工夫愈仔細愈好，單位座向、樓高、哪一家發展商以及單位內攏等，如有照片理應提早交與客人，這些幹粗活的工作，宏信三兩下已辦妥。今天榮少親自上馬，他見宏信憨厚，虛張聲勢的性情立即浮現，中午時分，兩人在快餐店點餐，宏信沒有料到榮少疲勞轟炸，一直指教他怎樣才得客人信任，其中奧妙不易學，又請宏信今天務必當心。如果不為工作，宏信老早不會與這般輕浮枯燥的人交往。一直以來，他的生活圈子原來多麼遙遠，遙遠得像無力的風，永遠無法穿透沙網。

榮少第二次與這對年輕夫婦見面。年輕夫婦對單位恍若有些興趣，榮少帶着兩人進單位內，打開窗櫺，全室燈火通明，兩廳兩房，廚房廁所裝潢簇新，似乎十分理想。兩夫婦在房間內思前想後，計算生活所需，就像得咬緊牙關，除淨各樣可能。此際，榮少倏地命宏信致電予自己，宏信照辦。

「是，就是，未賣，業主可以洽談，好，六百，鐵價，請等候，收到……再見。」榮少說話時故作鎮定，又提高嗓子，說話時身體對着房間的年輕夫婦。

「先生、女士，你們好，剛有舊客對現在這單位感興趣，開價六百萬。據我了解，業主應接受五百九十萬至六百萬左右的價格，如果你們真有興趣，決定要快，耽誤了時間，得不償失。你們自己考慮，如有需要，我替你們跟業主議價，還他五百九十萬，看成事不成事。」榮少說話時相當老練，手舞足蹈，咄咄而來彷彿沒有多少思考的可能。年輕夫婦仍未拿定主意，榮少便故意東拉西扯，看似分析利害，實情是擾亂年輕夫婦的思考。夫婦兩人在情急下，還了五百九十萬價格。榮少立即聯絡業主，討價還價，結果單位即晚以五百九十八萬成交，比較三家不同的銀行估價高出十至十五萬。

業主現身，年輕夫婦兩人簽署臨時買賣合約，業主亦簽了，一切來得快捷利落。

年輕夫婦兩人彷彿放下心頭大石，離開時多番感激榮少，多虧他費力，來回張羅，優先購得理想家居。當兩人離開單位，踏進電梯，門關上，正好預示年輕夫婦兩人永遠不知道，單位只有一對競爭者在自我角逐。

事情就這樣辦妥了。

在蜿蜒迤邐的歸途上，榮少只拋下一句：「一切回公司再說。」便逕往公司方向走去。一股柏油熱氣在路面蒸騰，宏信的體力迅速下滑精光，又是紅彤的黃昏時分，天空的雲絮飄得邈遠，落霞沒有照遍，卻把原來浮白的雲染得幻化，宏信吁歎一口，裏頭有說不出的話，倒在想像這對年輕夫婦將要面對怎樣糾纏不清的將來，就像一艘駛入大海的舢舨，不知黑稠的海會怎樣幻變出不同的海潮。回到公司，榮少把西裝外衣摔在椅背上，着濤端來熱茶，揮一揮手，菸叼在口裏，手中捏着打火機；榮少問起宏信：「你現在明白成功的秘訣嗎？」宏信愣了愣，還未來得及回說，榮少兩隻手指夾下仍未點燃的菸，提起杯來，與宏信碰杯慶祝，一飲而盡。榮少再次叼着香菸，說起話來打火機一下一下敲打桌面：「聽着，成功秘訣就在氣氛。現在樓市已進入非理性的階段，只要一次又一次使客人以為不買樓是錯誤的想法，遲買樓是後悔的決定，這些日子，幾乎所有客人都未經深思就會下決定；縱然有些客人仍要考慮，但幾可肯定，這種氣氛營造猶如移植信念，將客人的靈魂抽絲剝繭，你說，有誰會不買？」

「那麼你怎知道客人買得起與否？」

「我老實不知道，純粹憑藉經驗，以滲透的方式逐漸認識客人的底蘊，從而了解運用什麼策略，塑造什麼氛圍。」榮少說。

就在榮少説話之際，天突然轉暗，宏信瞥向公司門外，長空很寂寥，雲絮不知什麼時候已堆積，堆積成一塊密不透風的烏雲，烏雲將地上原來由澄黃的霞光染成的紋理統統回收，地成了不折不扣的烏黑。宏信再次望見榮少，他已和濤起來，走到公司舖位門外，濤接過榮少手上的打火機，替榮少點燃。香菸的氣味嗆人，在毫無意識下，氣味沾上途經店前途人的衣履，不留痕迹，沒有聲息，無人發現。然後，濤亦點燃了菸，兩人分別瞥向不同的方向，就像兩個從來互不相識的人，各自在心內正為自己所成就的事情歡呼。

* * *

這夜，宏信在家裏翻來覆去，久久未能入睡。房間內燈火虛設，暗昧中僅足夠宏信盯着桌上的沙漏。記憶中宏信不曾觸碰過沙漏，是爸在印度買回來，爸告訴宏信沙漏十分玄妙，以為宏信易哄，可惜他不以為然。今夜，宏信把沙漏翻轉，沙從上頭流動至下方，流動秩序不必彼此角力，自有規律，形成中央下陷，四邊包圍的態勢；而在沙漏下方，沙聚尖成峰，卻向四面八方緩緩地流淌，不徐不疾。直至沙漏完畢，宏信將它翻轉，重複流動，時間的縫隙一旦張開，哪怕是狹窄的通道，瞬間時間已將事物的本質帶進另一時空，總是無法歸回。宏信不打算繼續將自己置身於困囿與囹圄之中，若從來都不屬於那個時空，今夜，他決意要轉換新的工作環境，以免自己終有一天如沙漏般，成為無法倒流的沙，聚合成形。

翌日早上，宏信直接聯絡了古先生，請辭工作。他在短時間內，已獲一間印度商業地產公司聘請了，公司老闆固然是印度人。爸後來得悉宏信轉換工作，倒沒有意見，只提醒他終有一天回來，負責慈善基金的事務，宏信答允。商業地產公司坐落中環甲級商廈三十八樓，公司臨海，中環摩天輪映入，每在黃昏時眺望，總使人覺得遼闊的天與華燈璀璨吻合，時代像輪子，攪拌出許多不同的變幻與身世，宏信相信自己亦總有一天吐納於天地，將會變化出不同的經歷與可能。

沒料到印度商業地產公司老闆與股王霍老闆熟絡，宏信上班首天，股王恰巧在公司，宏信吃了一驚。他多番提醒自己，算是為了安全又保守的抉擇，別多駁嘴。股王果然說了一堆無關痛癢的事情，他分析舊有公司的問題在於過度功利，沒有把客人的需要看得準，而且眼界只停留在本土，而不曉得現在已是世界大同的時代；他之所以與印度商業地產公司老闆熟稔，完全在於大家都有國際視野，現代炒股怎會只考慮小小地區，全球都是機會。股王喋喋不休地發表講論，老闆一直被抓着，看他進退失據，就像是夾在中間而成了夾餅中的餡。股王一直說得興起，然而宏信老早就曉得好事多磨，他沒有細聽，只一直朝窗外的摩天輪看，看它律動，看它自在。

不是夢囈，老闆知道宏信的身分與前事，他上班數個月已經與大客戶聯繫。由於客戶對宏信的不理解與懷疑，有些時候，客人都不相信他的本事。宏信發現，客戶對他改觀，一般都在與他見面之後。為了去除青澀，裝點成熟氣度，宏信緊抿着頭髮，嚴肅卻不帶木訥的表情十分討好，似乎穩重與內涵並非上年紀男士的專屬。

那天電器公司的高層行政人員接見宏信，他與助手剎那將電腦內的工商舖資訊講解明白，宏信理解電器公司考慮到銷售對象、地點人流，公司形象與企業管理的問題，就在客戶未有提問前，宏信已經自問自答，將事情講解清楚。若沒有遺忘，他會在每次匯報後，將分析重點撮成精要文件夾，客戶自然覺得管用。好些時候，宏信匯報後的幾天內，客戶自找上門，談論細節。老闆許多時候坐在旁邊聽着，甚至有時分不清到底宏信在說些什麼話來，亦管不得，多少客戶在短時間內已接受公司的建議，租賃商舖。

老闆沒料到宏信的工作方式竟引來騷動，可是，這個月來市道清淡，正好固本培元。宏信捧出一疊書籍、雜誌，全在公司資料室內取來。他將書籍、雜誌分類，自成一家體系。翻開舊書，蠹魚逃逸，或本來已死，反正都要清理。老闆不曉得宏信扭扭捏捏所為何事，後來，得知他改動了資料室的陳設，以備員工翻閱往昔文件，好作為將來公司發展的基調。

股價上升，樓價上升，人的生活質素卻相對下降了。

宏信在印度商業地產公司工作了兩年，公司在工商鋪租賃的業績節節上升。這天，公司的股價在業績的帶動下，許多股民因炒賣而獲利。股王這下子入股公司，押重注在公司股票上。老闆高興忘形，晚上宴請股王和一眾公司員工，歌舞昇平，都是醉人情迷。

聽說政府今夜宣佈大橋通車，電視上看見高級官員齊聲慶賀，史先生傳來訊息，今夜收視率好，廣告多。至於倫先生的報社在手機應用程式上，刊出即時影片、照片，在社交平台上有很多人讚好。然而，不少分析性文章在港聞及財經版上發表，就像先知一樣預表將來，正正基於各項因素皆反映有股有樓才是正確，生活質素全與股樓掛勾。

翌日開市，恆生指數如期暴升，股王在公司開了瓶香檳，與同場股東們歡賀。宏信今天在家，和爸在看這獨特的一天。

「爸，許多沒有樓沒有股票的人生活怎樣？」宏信其實知道，只是想將話題帶出來。

「我不相信這些東西，這些都不是本質。」爸正眺望着窗外一片寧謐的海。

「我知道。對於未來，我總覺得有份潛伏着的空靈。」宏信抿了抿嘴，瞥向爸，爸卻繼續眺看，因為海好遙遠。

* * *

在同一個晚上，凌晨四時，網絡上開始有些討論。聽説有些旅居日本的遊客無法出境，成田機場有市民開始鼓譟；消息迅即傳至，關西機場以至那霸機場的乘客均已無法登機，原因未明。直至早上七時，晨光初現仍舊熹微，網絡社交媒體大肆報道，終於日本政府方面宣佈，極其兇惡的流行病毒肆虐，由於無法查明，故所有旅客禁止登機。同時，世界衞生組織立即宣佈，由於日本有關當局未有即時通報，禁止日本旅客出入境的做法已得世界衞生組織同意，建議依例執行。今天，星期六，全球即時陷入恐慌，政府大橋通車項目擱置，機場停飛所有日本航線，網絡上亦有不少禁止韓國、台灣旅人出入境以至東南亞飛機來港的建議。星期六下午，政府發言人表示，已證實一名日本旅客對病毒測試初步呈陽性反應。星期六晚上，超級市場所有食品與日用品幾乎被搶購一空，同時，政府啟動機制，追蹤病毒源頭。

星期日早上，市面蕭條，仍然外出的市民都戴上口罩。星期日下午，政府宣佈，有近十名人士對病毒呈陽性反應，其中包括本地市民。星期日晚上政府宣佈，所有學校無限期停課，股市停市三天。

至星期四早上，股市在一片批評聲音中開市，股市狂瀉，樓市跟隨。

*　　*　　*

一直以來，市民對於住屋的需求，就像一下子消失。古先生、霍老闆就像一同消失得無影無蹤。

這些日子，宏信只曾待在家裏，守候不知什麼時候將會再來的美好日子。

老師感言

中學時期，宏信對中國歷史與社會時事皆有相當興趣，借古諷今是最佳的表達方式，對於客觀陳述事情帶來的結果，宏信覺得特別有滿足感，他一直認為自己有機會從政，加入政黨。後來，宏信有機會前往美國讀書，才曉得世界這般大。當我們常以為有些事情是理所當然的，然而，眼界與視野令我們許多時候重新想像自己的想法，反思自己的觀點與判斷。

宏信在美國加州修讀新聞傳播管理學位課程，那些日子，他有許多機會接觸美國人的思辨模式，此外，基於偶然的實習機會，他在美國一所大型電視台裏經歷到獨立自主的新聞採訪與報道和更客觀地看事實的方法。怎料這些質素的培養有助他將來於地產界的處事。

直至大學畢業初期，宏信在香港加入台灣駐港的著名電視台工作，不消半年，他轉職香港一所收費電視台工作，他發覺，這裏的公司與美國的有着極大的不同，因此，他認為自己若繼續在這裏工作，必然有違自己的心志與價值。

直至有天，宏信的爸爸打算請他回自己公司打工，他才發覺，原來自己可藉爸爸的公司實踐許多個人的抱負與理想。

一直以來，他不打算在爸爸的公司裏頭工作，是他和爸爸的協定。他相信自己必要在外頭闖過一段日子，才可更加成熟。爸爸一直沒有時限，就在乎宏信的考量與抉擇。

地產公司工作是宏信的選擇，最初只打算在爸爸友人公司嘗試一下，後來轉職商業地產，反而真箇給自己發揮的機會。宏信在這所地產公司得着許多，公司給他許多發揮的機會。

宏信重情，每次選擇公司或行業，他都會請老師給予意見。實情是，老師給予他的意見很有限，然而，有一點十分重要，老師知道宏信終有一天會回到爸爸的公司工作，負責項目多，而且有慈善基金的業務，故此希望他無論在任何公司或領域裏，都必須考慮怎樣累積經驗，而最終成為怎樣的自己。

在這前提下，宏信每次都會分享自己的工作性質和行業轉變，而其中學會怎樣的價值判斷。有時，老師聽着他逐漸成熟的想法，就可以斷定他將來會有多方面的成就。

路標

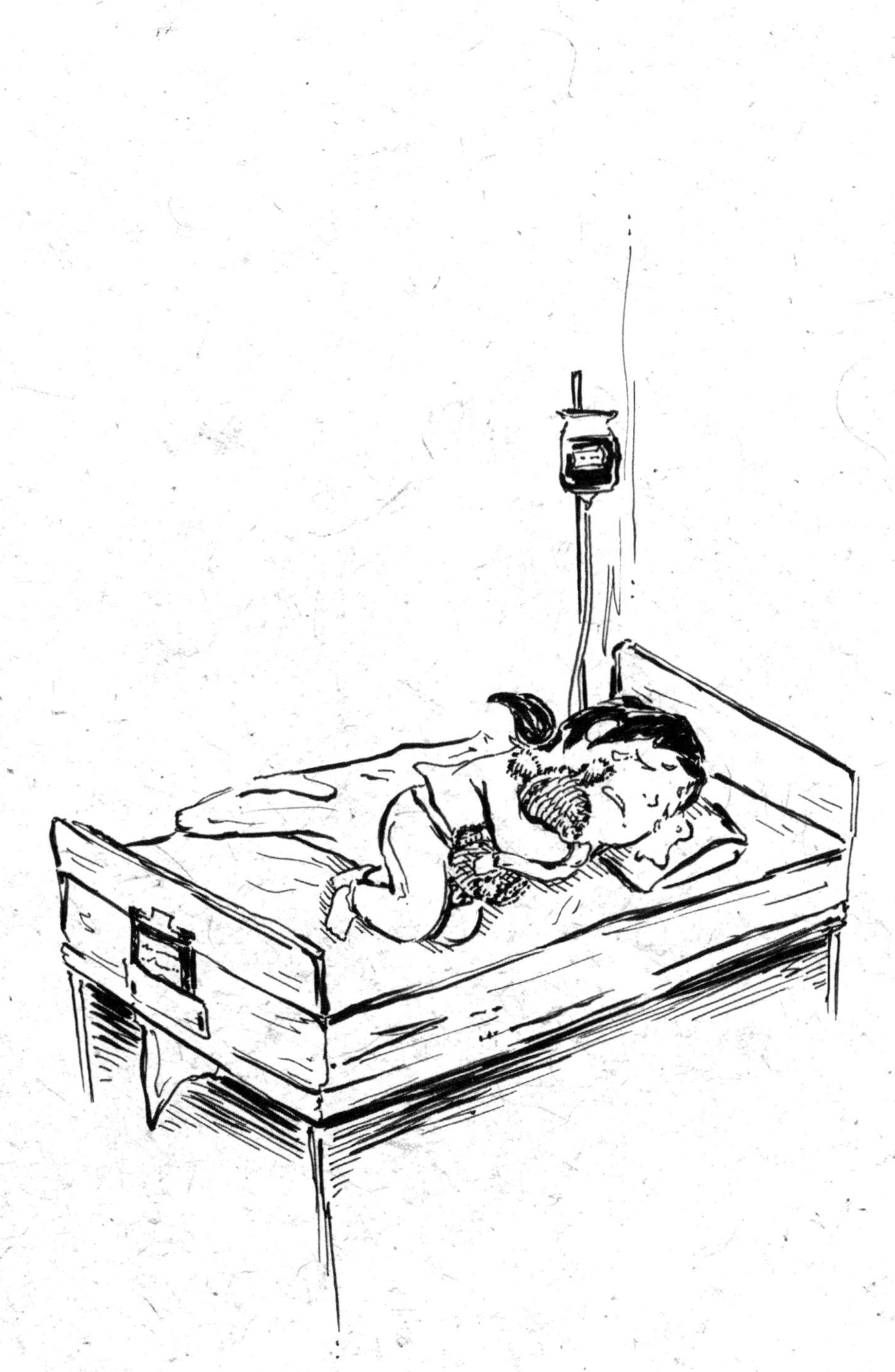

山徑如蛟，樹葉一陣騷動，再次踏足大學校園，九重葛依舊盈滿地開遍路邊，張項靠近鼻子一嗅，花的清香使她重塑許多年前的景象，如果劉瑛當年與張項有相同的志向，或者兩人會拼湊更美妙的將來。

張項在「百萬大道」踱步，後頭高亢如銀鈴的歡聲掩至，還未來得及擰頭，劉瑛在後面一抱，幾乎把張項推倒。劉瑛個子小，一雙碧灼灼的眼睛，鮮活的笑靨，彷彿還是個大學生般，若不是她手臂夾着律政署的文件夾，哪曉得這少女已當了律師數年。至於張項，外表看來十分冷靜，笑容謹慎，身材有些孱瘦，卻並非弱不禁風，劉瑛一來，張項立時活絡了。她們兩年沒有見面了，張項幾乎都在醫院看病，病人的數目每天不減，所謂輪值卻只在滿足更表尚未填滿的空格，其實所有時間都近乎在醫院中度過，其中分別數小時回家淺睡算是休養。

醫生與律師湊在一起，誰不羨慕？豈不知道張項曾經懷疑自己是蠢鱉入甕，身體故意對抗，能醫不自醫。

然而，過度的疲憊沒有驅散張項的信念，那年仲夏，還在實習期間，張項隨經驗醫生往內地探訪。村落中有許多人患了愛滋病，由於醫學知識不足，村民多有生育，於是，許多仍在襁褓中的嬰孩，出生時已經染病了。那天張項走過綠意盎然的畦田，繞過幾道阡陌，瞥看村落路頭放了幾個大竹簍，張項離遠看見竹簍上空許多蒼蠅亂飛，本以為是污物，怎料瞪眼一看，裏頭竟藏着幾頭死去多時的狗隻，張項頓時不知所措，後來聽説原來是村民故意宰了狗丟在那裏，以為可以辟邪。張項費了許多日子才把這惱人的一幕忘記，然而不知為何狗與蒼蠅竟引來一羣蟾蜍在大竹簍旁不住亂跳，她對這種跳躍來回的畫面總無法撇去。

張項甫踏進其中一戶，這戶人家的樓房看似有些不穩固，窗櫺脱落，天花中央暗黃的燈泡，屋簷橫木衣架掛了兩件草衣，中間放置一張橫木嵌成的破舊飯桌，兩張木椅算是完好，小女孩呆坐木椅上。她一直看着張項等數人進來，笑了，女孩的笑容好單純。

張項説：「妹妹，你好，我是張醫生，來探望你。」

妹妹淺笑後點了點頭説：「張醫生好，良久沒有人來過，村長昨天説今天黃昏時分你們來，我老早已坐在這裏守候。」

張項瞇了一下眼睛，聲音轉緩説：「妹妹，家裏有其他人嗎？」

妹妹回説：「都沒有了，兩年前沒有了。」

張頊有些目眩，雖然意料所及，卻仍然難以接受。怎料，妹妹突然在棕色破衣內袋掏出黑褐油光的錢，放在桌上，直推向張頊，說：「張醫生，請替我看病，爸媽離開時說這些錢管用。」

張頊本以為妹妹年幼，說些可愛話而已，可是她一雙陰鷙的眼睛十分堅持，身體沒有款擺，只老實地盯着張頊，眼神流露不應在孩子身上存有的陰鬱。張頊連連點頭，倒感覺坐立不安。

後來好些日子，張頊專心陪伴妹妹，兩星期以來，張頊揹着藤籃，和妹妹山上地下四圍跑，期間收穫不少梨與熟果，妹妹遒勁有力，竟在莽莽叢林裏來回收拾，暮色沒有催人歸去，張頊頃刻竟有悠悠天地間，沒入隱密叢林的樂趣。然而，她赫然發現，妹妹的真率確實牽扯着自己的思緒，故此，記憶中她時刻留心這種情感上的距離，她曉得一旦落入不捨的離愁，驟然的追憶將形成再一次的情感傷痛，妹妹大概無法輕易療癒。

＊　　＊　　＊

張頊牽着劉瑛，着劉瑛佇立在九重葛前，看花的形態。張頊無法肯定離去當日妹妹是否故意佯裝鎮靜，只曉得村落裏同樣的九重葛正自由的綻放着。

張頊一邊訴說，劉瑛卻敏銳地留心她的感覺。於是，劉瑛着張頊走吧，她曉得大學近年栽種了些新品種花朵，有意帶張頊一看究竟。

然而似乎一發不可收拾，張頊扯了扯劉瑛的衣履，見這路途行人稀少，詢問劉瑛：「瑛，許多年前的刑事疑案，若在許多年後給發現了新資訊，我懂得仍然可檢控，然而檢控難度是不是提高了許多？」

劉瑛說：「一般而言，是的，卻不一定，得視乎環境證供的可信度怎樣影響當日的裁決。怎麼了？項，你不是惹禍了？」

張項說：「怎會？我是在想實習時醫院裏的女生，不知道她現在是否已經康復回來？」

就在那年寒夜，張項如常輪值。這一年有些樂趣，她被派往兒科實習，算是她非常期待的範圍。那裏有許多黏人的小孩，老是嚷着醫生，就像競賽，他們不容許醫生聽喚別的孩子先過自己，一旦應答某個女生，其他小孩就會揮手揚聲，張項認為自己大概是專注力失調，幾年的醫生鍛煉從沒有教導怎樣應對，都是可愛。

就在兒科病房最後一間房內，一個個子比正常小孩高大的女生再次因病入院。女生今年就讀小一，六歲。張項首次踏進房間，只見四圍牆壁灰白，牆上恍若有一塊塊污漬，久久未有抹拭。女生就在窗邊牀位上，兩名女護士與她稔熟，專門逗樂女生，女生看來享受與女護士們相處，她特別喜歡告訴女護士媽媽怎樣在廚房煮食，說來頭頭是道，張項聽說其中，彷彿無法看出女生患了什麼病導致一再留院。

然而，當張項仔細閱讀女生的病歷後，先是瞪眼的老實難以置信，吁出一大口氣，放下女生病歷板後，為免驚動女生，張項轉身輕步踅去。在那不徐不疾的步履之中，她緊蹙眉頭，不住搖首，左手搔了搔頸後，再使勁按壓了兩下，就把雙手插進白袍口袋裏，手卻一直緊握着，一直沒有放開。直至回到自己的辦公桌旁，坐下，她因某些電話短訊瞬間閃動，才不知不覺回過神來。張項回想，記憶中女生愛女護士，那天男看護敲了敲門，逕入房內分派藥丸，女孩甫見男性進來，隨即全身屈曲躺着，棉被蓋頭，就像海岸的浪潮覆蓋着綿軟的沙灘一樣。

過了幾天，涼意越發沁膚，感覺十分確切，張頊依稀恍惚地在走廊徘徊，她心頭懊惱，擔憂接觸女生時應該怎樣說話。張頊這趟帶了幾個女生最喜愛的玩偶，打算和她玩樂一會。

女生把原來蜷縮的身體張開，一勁把玩偶抱在懷中，女生天真，竟對着玩偶唱起歌來。張頊見女生的笑靨展露，心頭一下放鬆，竟無法預料，女生突然把玩偶的裙子掀開，指着玩偶的私處，而且愈來愈用力，她噙着眼淚，似乎潛伏了多時的悲情一下子湧來。張頊意料不及，除了突如其來的錯愕，她趕緊偎在女生身旁，一手抱她進懷，輕緩地將玩偶放下，和女生唱着柔和的歌。

劉瑛與張頊拐彎走至大學和聲書院，兩人沿路沒有交談，只在看青澀的馬路，路旁的枯葉，微暈的路光和彎曲的車路，直至兩人在咖啡室的外頭坐下，眺看遠方是一碧無垠的高天和深邃的海，劉瑛隨便購了士多啤梨窩夫和莫卡，拍了拍張頊的肩，然後說：「是什麼人做的？」

張頊搖了搖頭說：「一個小六男生做的，而且不止一次。」

劉瑛瞪了瞪眼，感覺有些難以置信。

張頊續說：「我發覺自己憂慮的不只是女生，還有這個小男孩，畢竟年紀太小了吧！」

劉瑛的確理解，於是故意撥弄窩夫令香氣飄溢。沒料到，香氣果然奏效，張頊愛膩，不消幾分鐘竟然把食物吃個清光。爾後，劉瑛與張頊走至欄杆前，前頭的吐露港景致彷彿形成無法抗拒的誘惑。

* * *

劉瑛說：「對了，實習後怎樣？現在正式當了醫生好嗎？」

張頊吁了口氣說：「還好，事情會自己找上門，沒有什麼時間可以磨。那天一個嚴重認知障礙的婆婆入院，入院一刻仍舊在記憶中晃蕩。」

婆婆入院後反反復復地吞吐出說話，那天天氣翳悶，伯伯見婆婆病懨懨似的汗直流，就在輪椅旁替婆婆搧搧風，擦擦汗。婆婆早已喪失了自理能力，伯伯何嘗不是高齡，這些年來兩人都在匱乏的年華裏，有一天過一天。

張頊那天值日，從遠處已看見伯伯精瘦的腿，褐白的衣履襯上灰色的鬆身短褲，腳踏一雙白布鞋，鞋頭混了不少淤泥，伯伯想必仍在打工，粗活使得伯伯的皮膚粗糙，而且，聽說伯伯左邊耳朵早已報廢，如此辛勞狼狽地天天照料婆婆。

張頊故意扯高嗓子說：「伯伯，你好，我是張醫生，來看婆婆身體好不好。」

「醫生好，當醫生好。」

「嗯，伯伯，婆婆身體怎樣？」

「沒有怎樣，婆婆不願意別人替她洗澡，又不愛別人替她換片，硬說要我來，其實都幾十歲，還在彆扭。醫生，你知道的，我不是什麼時候都能來醫院，來了醫院怎樣打工？散工而已。老實說有姐姐換片沖涼不是很好嗎？勞煩了人已經托賴，添煩亂更是不該。」伯伯說話時，婆婆緊抿着嘴，一言不發。

「伯伯，明白的，婆婆不習慣別人觸碰，慢慢來，將將就就好吧。」

「是的，是的。那天真是對不起，幾位病房助理姐姐亦無法替她沖涼，糾纏了半天仍舊躺着，涼沖不成倒算數，費了大家工夫卻換來一腔牢騷。」

張項拍了拍伯伯的肩說：「那麼，伯伯有考慮將婆婆送往老人院嗎？」

「話雖如此，不會，絕對不會，我不會將她撇在老人院裏。」伯伯說罷低下頭來，在膠袋內取出毛巾，替婆婆抹臉。伯伯繼續說：「醫生，你曉得嗎？婆婆現在只認得我，若將她送往老人院，她根本不會合作，到頭來，我擔心她要受許多的苦。」

張頊隨即點頭示好，亦為了兩老的好，便繼續對伯伯說：「明白的，伯伯的確是為了婆婆好，可是按婆婆現時的精神狀況，加上伯伯的身體情況，實在無法長久照料婆婆，請伯伯多為婆婆着想之餘，亦要考慮自己。」張頊說罷，用力地眨了眨眼睛，可房間內其他人倒不曉得張頊老早鼻子酸澀着。

伯伯聽過醫生的意見，仍舊出入了醫院數日。直至有天，伯伯一手携着醃酸菜，一手裹着白紗，走進來時氣喘喘的，只見伯伯兩腿較以往紅腫了不少，護士立即通知張頊，張頊與伯伯在醫院四樓大堂相遇。伯伯甫見張醫生，隨即把一紮醃酸菜直往張頊擲去，可他力量有限，酸菜在張項腳前掉落，伯伯就像肢體欲裂般瘦弱，好像一陣風吹來，可以隨便使他的肉體垮散。他全身浸濕般，汗水就像從身體每個毛孔湧出，猶未來得及抹掉額上的汗珠，伯伯破口就罵：「你們是怎樣的？我說了多少次待我替婆婆沖涼，你們總是不聽，好吧，現在倒讓她摔了一跤，若果一下子癱瘓了怎算？你們到底怎樣謀財害命我不管，請不要攪擾婆婆好嗎？她幾十來歲得罪了誰？你們就活該在這裏把她折騰至死才罷休了嗎？」伯伯似乎開始力不從心，倉促間嘴唇持續顫抖着。

經過一陣騷動，醫生、幾位護士、幾位助理姐姐從起初圍攏着伯伯，至後來只留下張項和一個男護士仍舊在旁。張項看見伯伯過度疲憊的身體，就像魑魅無魂，她心頭起了好些憐憫，在扶持伯伯往長椅安坐時，以溫婉的聲音說：「婆婆現在無恙，躺在牀上入睡了，我剛才替她檢查，髖骨完好。伯伯也累了，坐一會才進去看望婆婆吧。」

伯伯聽後似乎平靜了，張頊與男護一個在左一個在右，直等候伯伯回過氣來。可不過一剎那，伯伯突如其來的悲從中來，竟放任地撕肝裂膽的哭嚎，期間不住左右搖頭，口裏囁嚅地重複説着「可憐！可憐！」然後在幾下抽泣後，伯伯心情開始平伏下來，終於開口説：「把婆婆送往老人院吧！」伯伯按着膝蓋，拚命想站起來，男護士不忘輕輕一托伯伯手肘，他朝房間方向一步步蹣跚地走去。

兩人一起愈久，樣子愈像。張頊一直以為伯伯和婆婆像拓印般相像，有時她會刻意捕捉兩人相處的光影，就如松風細語般細味許多瑣事。這次一摔，倒摔出更多真情，婆婆這星期以來，身體較從前好，伯伯隨即四處走來走去，只要有護士經過，他毫不猶豫地搭話，請護士務必通傳張醫生，他們要出院回家，老人院不用打擾了。

張項心裏納悶，這伯伯真不聽話，而且反反復復：「伯伯，你的意思是帶婆婆回家嗎？我擔心伯伯你難以照料婆婆。」

「醫生，婆婆這些日子身體好些，我還是捨她不得。」伯伯説罷右手撫着後腦勺，喜孜孜地笑時口中露出破洞，左手卻一直握着婆婆的手，就像生怕一旦鬆開，婆婆慌亂無主，不知又怎樣惘然地失散。張項點了點頭，微笑，在考慮學理上的可能性後，她同意伯伯的決定。窗外天色灰暗，幾乎要下雨，伯伯踱步至窗前，小桌上放着玻璃杯和水壺，水是今早助理姐姐捧來的。伯伯倒出溫水，水霧氤氳沾濕眼鏡，他將溫水端至婆婆的口前輕吹，怔忡地托着杯，慢慢將水送進婆婆的口裏。

劉瑛説：「婆婆的認知障礙真的進步了？」

張頊說：「沒有，且呈現愈來愈嚴重的趨勢，病況反復是正常的，整體卻往下調整。」

「明白。」

張頊倏爾站了起來，伸了伸腰，說：「這種真摯，到底是愛情。」

劉瑛笑了，說：「愛情？張醫生，當醫生的愛情史看來不錯。」

張頊微醺着臉笑說：「當然很多追求者。」

劉瑛忽然緊張起來：「是誰？醫生還是男護士？」

張頊用右手食指戳向劉瑛的側額，請她不要打趣取笑。反而，那位入院二十多次的女孩卻仍在她的腦內縈繞着。

*　　*　　*

女孩醒來時仍舊是結結巴巴的，她一直引頸看窗，窗外正好瞥着醫院正門。她似乎沒有看見張頊已在牀沿閱讀病歷，目光就像在尋找失去良久的珍貴物品一樣，樣子相當失落。

張頊說：「還以為男友人會來嗎？」

女孩嚷着說：「他一定會來。」

張項說：「好吧！你是知道的，這次已是第二十次入院。為何仍然執拗？他一直叫你吸毒，你明知對身體有許多壞影響。」

女孩頓時低下頭來，默然不語片刻。

女孩說：「張醫生，我是知道的，我會找份工作，以後不會再吸毒。」

「許多次了，你仍舊吸毒。問題不在工作與否，問題在於你和你的男友吧！」

女孩帶些激動說：「我沒有事。」

張項說：「如果沒有事，那麼為何你昨天入院時竟哭鬧着要自殺？你大概沒有印象吧？當時你情緒非常激動，後來你產生幻覺，在醫院大堂胡亂說了許多古怪話，又摔破了櫃枱前的花瓶。」

女孩羞怯怯地說：「我沒有印象。」

張項說：「你當然沒有印象，你攤在路旁沒有了知覺，是途人報警將你送進醫院來。」

「然後呢？」

「然後護士替你抽血，你一下子躍起，直往大堂吵鬧，就如剛才所說。」

「我沒有……吸毒。」

「血液樣本和尿液測試都證實你吸毒。」

女孩又再瞥向窗外，她在看天空碎裂的雲絮，和那輕薄的雲造成深淺不同的天空。她一直在看。

張項細步走至女孩身旁，她自白衣袍內取出巧克力方塊蛋糕，放在手心摩挲了一會，遞給女孩，女孩把頭擰轉過來，左手接過蛋糕，放在蹲踞着的雙腳中間。女孩低下頭來，估計在想像自己到底怎樣變成這樣，和即將變化成怎樣的將來。

就在此際，女孩的爸爸氣咻咻地走進來，二話不説竟狠勁地給女孩一記耳光，這一記擊得響亮，張頊猶來不及阻止，只見蛋糕在病牀的右邊墜落在地上。

爸爸一清喉頭，聲音低啞，一下子罵了許多髒話。有些男護士走來安慰，爸爸的困囿倒像無法在心頭擱淺，然而眼睛裏靈動的閃爍預表了他過度的憂悒。爸爸終於平伏下來。

女孩的爸爸體胖，裏頭穿着白色背心，外面披着麻質襯衣，淺藍色牛仔褲束着黑色皮腰帶，白色球鞋似乎許多年沒有清洗過。爸爸告訴張頊：「醫生，是我不懂教女，才出院十幾天，她又進來了。我曾經嘗試把她困在家裏，怎料一不留神，她竟溜到外頭。這個不肖女，逃出去了就不回來。我上次已經説過，你再吸毒的話我是永不會再理會你的。」

女孩的目光迅即瞪向爸爸：「那麼你現在又來？你大抵不必在這裏。」

「你個不肖女。」

男護本來低首不語，突然就像臂膀抽動，一手攔着女孩的爸爸，半拉半推，直帶他往醫院大堂。

張頊請女孩別吵嘴，怨懟對事情起不了幫助，女孩霍的把被單抽起，蓋過了頭，剩下一片白，她在被單裏迴繞哭鬧，徒添使人措手不及的哀慟。後頭來了女護士，逕坐在牀沿，一直在拍女孩的肩。正當張頊轉身向後，女孩的爸爸原來在房間外屏着氣，灰陰死寂的表情就像給擄獲了靈魂般，瞄見張頊走來，爸爸揉搓了幾下手指，吞吞吐吐地說：「醫生，請送她往強制戒毒，我簽字，是我強烈要求的。」

張項說：「明白的，可是病人必須自願才能送往戒毒中心。」

女孩的爸爸果真沒有料到，左右顧盼了一會說：「我強烈反對她出院，醫生，請無限期把她留在醫院，甚而將她困在這裏，直至完成戒毒為止。」

張項說：「女孩爸爸，我們醫院會提供最好的治療，然而徹底戒毒不是這麼容易，亦不會在醫院裏，或者我們找合適的機會和她說話。」

爸爸聽了張項的話後，只吐出「這個女」三字便莽莽撞撞地轉身離去。

就在一陣騷動後，張項感覺四圍的空氣凝滯，氣氛緊繃，一個年邁的漢子在大庭廣眾下氣急敗壞，無措地不懂應對，情何以堪！張項除了惋惜女孩桀驁不馴的本相，更替女孩的爸爸感到多少憂戚。

*　　*　　*

天色已經昏暗，黛色映入，九重葛已不見美豔，周圍幽靜，蟲鳴蛙聲交織，劉瑛唯恐張頊迷失在天色的藏青裏，隨即唱起中學畢業時的驪歌，歌聲悠遠、清麗，大概可對抗這流竄在草叢與山谷中的惘然。

劉瑛說：「你還記得畢業時的想像嗎？」

張頊點了點頭說：「記得，只是與現在所見有些不同。」

劉瑛說：「的確！但你沒有意興闌珊吧！」

張頊說：「倒不膩人！」然後，她點了點頭，扯了扯劉瑛的外衣，她們都趺坐在藤椅上，等待吃透墨黑的天色中，掛起疏桐中的一輪皎月。

老師感言

從來沒有想過當醫生不一定是快慰的事。

張頊自中學時期已打算當醫生，她的想法好簡單，就是醫生可以幫人。張頊寡言，中學時代已是常常思考，卻不喜歡表達自己的想法。有些日子，由於她常常躲起來温習，或是在圖書館，或是在自修室，或是回家。同學有時懷疑她是否精神過度緊張，壓力太大，後來，考試後，張頊竟然與同學盡情地玩樂了幾天，同學都對張頊別有想法。同學都認為張頊自制能力高，處事優先次序清清楚楚。而基於她極之着重人情，故此她獨自修行的日子毫不影響她與同學之間的情誼。反而後來，大家愈來愈了解張頊的温情。

有一次，張頊在報章上看見一宗新聞，新聞裏提及一個少女輕生。張頊為這個面目模糊、沒名沒姓的少女難過了好些日子。張頊向老師分享她的感受，老師反而非常欣賞她的真情，並十分相信這種性格是她將來當個好醫生的基礎。有些時候，老師着重的反而是張項會否因工作過度疲勞，或因擔心病人的需要而影響自己的生活。起初，聽說張項當醫生的日子，為了工作和愛護病人，許多時間她都在醫院裏照料身邊的人，有時工作時間已過，但由於好些病人是她長久照料的，所以她常付出額外的愛心與時間關懷病人。對於她來說，兒童成長是最應受重視的，故此她特別盼望他日當兒科專科醫生。此外，她經常提及的是病人與家屬，病人照料了，然而家屬的感受亦當照顧。所以在實習及實習後正式當醫生的日子裏，她常常提醒自己必須易地而處，想像如果自己的家人患病，自己將有什麼感受。

既然張項已經當醫生了，老師還有什麼地方可以指導？大概沒有。有一次由於教學工作太忙，老師病倒了。看醫生時，那名醫生在整個診斷過程中只看電腦，從沒有看過老師一眼，然後在兩分鐘內完成整個診治。之後，老師就在門外等候取藥、離開。有一次，老師與張項分享這經歷，請張項務必不可當這種醫生。張項果然乖巧，她馬上回應老師定必銘記於心，醫生除了診病，還要照料病人的心理和感受，伸出雙手，表達關愛。老師聽後，為這孩子感到欣慰。

妝罷以前

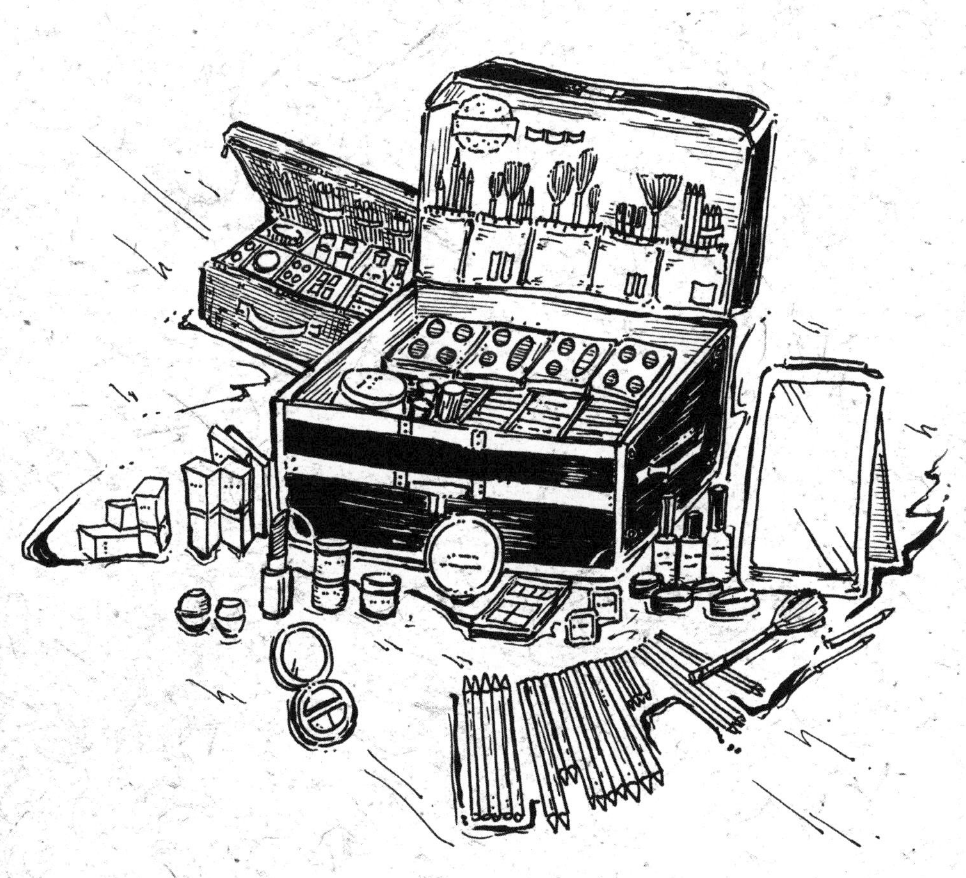

瑰麗的華燈映照，大堂閃爍着珠光寶氣，這場婚宴筵開八十席，六百位賓客陸續到場，員工超過一百位，座椅鋪陳，碗碟備妥，新郎四圍招待，新娘倒仍在房間內化妝。已經好些年來未有親自上馬，凱莉的腰間掛着化妝袋，旁邊仍舊是經年來的銀色化妝鐵箱。凱莉的巧手工夫在行內老早聞名，這些年來若不是大型計劃，無法輕易請她親自負責造型與化妝。新娘選擇從意大利訂購婚紗，一襲紫色絹布晚裝，十分登樣。新娘的髮型不好打理，凱莉卻技巧熟練，時間拿捏準確，旁邊兩位助手固然瞪眼看着，然而新娘不曉得酒店旁邊的寫字樓對凱莉構成某種心理上的脅迫，這晚心臟不下多少回一直給敲擊着。

那年初秋，凱莉在一間成衣公司當跟單員。公司一半地方是寫字樓，一半地方存放衣服。凱莉無法理解寫字樓何以不調整空調，侷促環境就如熱帶氣候，桌上一台電腦，一個按鍵發黃的電話，幾個文件架，大堆文件堆疊，凱莉在電腦前閱讀客人的要求，每天回覆無法覆完的電郵。凱莉另一項工作就是在成衣部量度衣服，例如衣領大小、衣袖長短、襯衣闊窄，量度好把數字填寫在表格內，輸入電腦。就這樣經過了三個月零六日，凱莉仍無法產生因回覆電郵或量度衣服而來的樂趣，這種工作多做兩天已經膩人。公司裏九成員工都是女性，可是，員工都衣履隨便。員工亦不打算交流，對話無多。凱莉卻愛美，衣着摩登入時，化妝打扮自然成為員工中的非我族類；有天經過公司樓下，恰巧四個身穿芥辣黃色工人服的男子無故吹哨，凱莉意識到他們不懷好意，不知就裏踏着高跟鞋就跑，工人幾陣呼聲，嚇得她有些倉皇，直往電梯大堂將樓層鍵按了又按，這時，凱莉才意會，在這裏上班到底打扮給誰看？

公司裏幾乎沒有男同事，女同事幾乎都是單身。有個會計姨姨，五十來歲，不打算結婚，餘生都在運算的日子中。有個外表溫婉、性情嬌柔的秘書，聽説天天嚷着交男友，現在倒把生活嫁給一堆文件，而那個負責交際的女子，三十開來，聲音嬌得很，閉上眼聽她說話無疑是享受，怎料她蓄短髮，貼身短衣配襯寬厚麻布褲子，不倫不類。凱莉無法理解，成衣公司的員工根本沒有些少時裝的觸覺。

那天，她瞥向地面栽了幾棵樹，泥淺根外現，樹就像不情願逗留，她開始想像自己是否仍然要杵在同一個地方。

* * *

婚宴裏新娘的香氣襲人，影影綽綽的婚禮片段，都是新娘的笑靨與歡聲。那奪人眼目的髮髻曾經在電視節目看見，某藝員那天晚上紅了。旁邊其中一個助手說：「老師，你今晚替新娘化的妝實在美。」

凱莉說：「怎樣美呢？」

助手說：「典雅，具時尚特性。」

凱莉沒有說話，回到新娘房內執拾。這是一場不可多得的婚宴，除了瑰麗的華燈，她無法想像新娘的笑臉後頭是多少的偽裝，又或是新郎已曾帶着撕裂的哭聲告訴新娘這場婚宴乾脆拉倒。

助手說：「老師，你看得出新娘和新郎的不情願嗎？」

凱莉說：「看得出。」

助手不敢再説話了，趕緊收拾。凱莉沒有訝異新郎與新娘的虛情，一方面自己的職責就只是化妝與造型，另一方面自己亦曾有過這樣的掙扎，而最終竟成就了今天的自己。

＊　＊　＊

在那遙遠的地方，台北的黃昏與遼闊的天，凱莉就這樣縱身獨自來到這裏。三個月的寫字樓工作着實催人，凱莉耐不住寂寞與憂戚，常常午夜夢迴時像孵出怪夢連連，於是，一下子把工作擱了，把儲了三個月的工資全都押上，決意要到台北學師。

那日子常夢見自己當上化妝師。凱莉愛美，中學時候，興之所至，竟向媽借來化妝品，跟隨網絡自學；大學時候更是自由，同學都化妝，交流了許多學問。然而，走上專業化妝師的想像倒沒有忘記，凱莉一直將這個想法憋在心裏，偶爾取出來回味。直至寫字樓工作老老實實地觸碰了她情感的傷口，有幾回工作回家，晚上隨即入睡，她夢見自己困在成衣部，好些同事肆意責怪，但原來夢會增生繁衍，她夢見自己浮游於寫字樓的空中，突然牆壁破裂，河水一湧將她沖到好遠，真是可怕。然而，重重複複的噩夢翻攪出好些意志，撫平了家人的擔憂後，她真箇辭去寫字樓工作，聯絡了台北的化妝師，訂下機票與民宿，選擇了陽光明媚的一天，起程到台北學法。

凱莉仍然年輕，那天抵達台北，窗外的世界充滿光與熱，流動的風景來自熱氣攀升。民宿地方狹小，房間裏只一張單人牀、一個衣櫥，沒有桌椅，猶幸窗外景致悠遠。年輕的日子什麼光景都可以適應，唯一無法適應的，是道別媽媽。若不是情非得已，凱莉仍可接受捱日子，但這次倉促到台，還是有些觸動情緒，媽在凱莉離家的中午，暗中裹好熱食，放在凱莉的行當中。

媽說：「凱莉，這趟一去數個月，可自當心，勤勤力力，誠誠懇懇，虛心一點。」媽說罷就想哭了。

凱莉拭去媽的淚說：「媽，女兒知道，別再吩咐，我早在外頭工作了，何況不是一去不返。」

媽聽凱莉說後，更加激動地說：「什麼一去不返，請別再去說這些霉話。大姊昨晚叫我別憂心，害我昨晚一整夜無法入睡。妹頭，媽不捨。」

凱莉皺着眉搖頭說：「媽，我懂得。」

媽流着淚牽着凱莉，雙手一直在搖。

凱莉說：「媽，不要把場面搞得淒慘，我會很好。媽，三個月後你和大姊來看我好吧？」

凱莉這樣一別，登上飛機，往後在台北住上好幾個月。

* * *

沒料到凱莉在那場筵開八十席的盛宴後，許多生意自動跑來，她開始經常乘飛機到世界不同的城市替新人化妝。凱莉走進佛羅倫斯，阿諾河何等醉人。她與攝影師跟在一對新人後頭，漫步跨過恩寵河，回首所見的樓房與橋，增添了好些浪漫情調。甫抵米開朗基羅廣場，凱莉心無旁騖，趕忙替新娘轉換造型，四圍的風有些乾烈，凱莉為免新娘的臉過度乾澀，把握攝影師取景，在上妝前替新娘敷上面膜，洗臉。凱莉首先替新娘塗勻潤面膏，再印上隔離霜，在眼周、鼻翼處局部遮瑕後，方可擦上一層粉底液。凱莉在腰袋取出斜角掃，在新娘的腮骨兩側、鼻翼兩旁掃上深啡色的陰影粉末，如此一來，新娘成了活血的人。凱莉特意混調玫瑰紅及黑色閃爍眼影，成了深邃亮澤的古銅啡，抹上新娘眼窩竟添上幾分混血色彩。凱莉按照新娘的眼形勾畫細長眼線，尖細眼尾拿捏得尤其穩當，一雙巧手不住點畫形塑，最後撲上定妝粉，輕鬆利索。攝影師以為都妥當了，着新人在廣場的大衛像前留影，凱莉曉得新娘不好流汗，流汗後妝會化開，她細意地把手提風扇交給新娘，以備隨時發揮作用。凱莉瞥向大衛像，雖是仿製，卻喚起她在台北學藝時的生活片段。

* * *

來台後首課，化妝老師小雲告訴凱莉，學習化妝造型，必先由「娃娃」入手。然而，凱莉害怕娃娃，她一直以為娃娃裏頭就像住了個魂，很是害怕。

凱莉說：「老師，可有別的方法嗎？我實在怕得要命。」

老師頃刻把手搭在凱莉的肩上，指向娃娃，說：「如果無法克服恐懼，似乎你來台灣可就白費了。的確開始時有些怕，你就更要靠近。」

於是，凱莉悄然抬頭，瞄向娃娃，娃娃頭部肉白白的色澤十分駭人，凱莉不知為此經過了多少個沒有夢痕的無眠夜。

老師走至娃娃前，摸摸假人頭，開始示範。凱莉心裏磨難，站在娃娃後頭二十步。

老師說：「凱莉，你這樣是無法學習的。」凱莉沒有回話，雙手緊握着，不進亦不退。

老師遂走來牽着凱莉，告訴她好端端一個娃娃，別怕。凱莉側着額，單瞇着眼，忽爾在毫無預兆下，老師牽着凱莉的手，從娃娃的頭掃落，凱莉慌得驚叫了一聲，老師連忙說：「怎麼了？」

凱莉顫巍巍地說：「娃娃有耳朵。」

「這個當然。」

凱莉就在這種景況下無言地哭泣，就像那份驅不散的懼怕。恐懼就像有股穿透力，

翌日起來凱莉仍舊像未回過神來，可是老師今天竟然變本加厲，她看見凱莉後的第一句

話：「凱莉，今天要嘗試替娃娃洗頭髮了。」凱莉除了莫名其妙，只好裝模作樣地抿了幾下嘴唇，然後請大家給自己和娃娃獨處的空間。於是，凱莉花了幾分鐘時間調整心理，她開始四圍張看，房間空蕩蕩，牆上懸吊着一株石斛，在毫無陽光下竟然可以生長。冷氣機引擎倏地「隆」了幾聲，嚇得凱莉心顫，然而就是這一嚇，竟喚起她莫名的鬥志。她開始留意自己的呼吸，就像從急促至逐漸放緩，一下子精神上來了。凱莉屏着氣，吁了一口，走至娃娃面前，跟娃娃說起悄悄話：「您好，凱蒂，今天我學習洗髮，多多指教。」為了摒除過度的虛妄，抵禦空洞，凱莉替娃娃起了和自己相近的名字。後來，她再次想起自己曾做過這種蠢事，或多或少感覺有點自虐，無怪乎現在的助手都一同叫起「凱蒂」的名字，但各人心裏畢竟仍舊在嘀咕着。

*　　　*　　　*

這些助手起初亦怕凱蒂，但他們更怕凱莉。凱莉一直嚴格地管束助手，她要他們學懂，前提就是各項事情都樂意做，而且還需學懂尊重老師。凱莉訓練助手比起當天自己在台北時還要狠，她承認自己要求高，不好應付，然而這些助手換了又換，終於有兩個穩定下來工作，總得教好。那些日子在台，老師請她每天打掃工作室，就在夜色四合之際，人影散亂，不消一會各人都離開了。在光影下的樹葉晃動，透入影影綽綽的光暈，凱莉在廁所取出用具，用抹布將一碧琉璃抹淨，用消毒藥水開水拖地，執拾房間，收拾廢物，丟到十分鐘路程的收集車上。凱莉有天耽誤了時間，垃圾收集車剛好開出，她揪着兩袋白膠袋在車後追趕，不消一會車往不知名的路口拐彎，沒入一片黑稠之中，凱莉眼巴巴看着，手裏仍舊是兩袋無法丟掉的垃圾。她無可奈何地將垃圾帶回工作室，仍舊放在室內垃圾箱旁。翌日老師回來看見，將她罵個狗血淋頭，凱莉頓時有股苦不堪言的怨情，早知把垃圾帶回民宿房間，至少避免一整天的捱罵。

凱莉有些日子會在工作室門外發呆。她愛看樹，樹葉在風中擺動，沙沙聲響配上閃爍的陽光，就像流動的生命在無意識間自然地律動。可是厚厚的雲層一旦飄過，遮蓋了陽光映入，霎時的寒意使凱莉以為自己可能熬不過這段日子。她就在這種起伏不定的影像中徐徐經過。直至一天，凱莉將眼鏡放在桌上，陽光映照，眼鏡片裏頭的景象幻化成綠色、紫色，扭曲了的世界彷彿預示自己的無能為力。雲淡風輕，她開始懷疑自己在這裏有什麼作用，老師每天只教曉她些許知識，然而自己就像無償勞工，不知還要耗費多少日子，才真箇學滿師，回港開業。於是，凱莉決意要跟老師清楚地講明自己的想法。

鳳凰木在屋外長得茂盛，生活日常如樹葉慣常地長芽，生長，開落。今天老師外出化妝，凱莉當助手是自然不過的事，這種無隔閡的相處就像是那麼純粹。

凱莉和老師坐在車內，車程一小時。今天外攝，新人預示今天天晴，的確一抹斜暉映在玻璃窗上，折射而來的光暈將車內灑遍，車廂內暖烘烘的。車內十分安靜，老師沒有說話，攝影師不打趣，司機專心開車，只有凱莉揉搓着手指，在手袋內掏出暖水壺又放回，本打算把昨夜煲煮的西洋菜湯給老師品嘗，可老師一直在睡。凱莉搔了搔頭，頭皮屑掉下，她用手背抹去皮屑。車在路上在些顛簸，路面安裝了「反應測定」，車行每八秒，地面發出隆隆聲響，節奏平均，凱莉一直有計算車輛已經過多少次「反應測定」。她很無聊。

車已快要抵達目的地，凱莉一向內斂，卻開始焦灼。車輛隆隆一聲，老師醒來。凱莉瞄看老師，老師揉着睡眼，搖首聳肩，睜一睜眼睛問：「該抵埗了吧？」

凱莉接着說：「老師，差不多抵埗，想詢問一件事情。」

老師說：「什麼事？快說。」

凱莉恍若觸動過敏的神經，隨即說：「老師，我想學習更多和更快。」

老師聽後點了點頭，着大家下車。凱莉遞上西洋菜湯，老師卻不喝。

* * *

凱莉跟助手談起這段往事，她曉得自己在不合適的時間發問不正確的問題。老師即將替新人化妝，天氣悶熱喝西洋菜湯，後來老師開始工作，凱莉竟湊過臉去，圍住老師團團轉，老師半逼半哄不成，乾脆請凱莉坐下休息。後來，老師請她回工作室，她回去後窩在沙發上出現一張無法忍受的臉，結果老師帶着幾隻糭子回來，而凱莉饞嘴，趕忙隔水蒸糭，不消一會，香氣滿溢工作室。糭子黏膩，老師細心地預備餐桌布鋪在方正桌上，再在桌面端上不鏽鋼架，蒸碟放在上面穩穩妥妥，凱莉倒有些滾水燙腳，忘了用毛巾包裹蒸鍋，拚命捧起，端至鋼架上，正當她因過度受熱無法拎着，竟順勢把鍋跌在鋼架上。「呯」的一聲響，大家亦嘩聲四起，卻發現蒸鍋安然擺放，然後各人在齊聲大笑間掀開鍋蓋，一股白煙飄溢，香氣沁胃。

老師用長筷子夾起糭子，甚具功架，在凱莉的碗內端放一隻，自己的碗內端放另一隻。兩人坐下，老師着凱莉快吃，她卻隨手捧碗，說起話來。

老師說：「凱莉，今天老師請你坐下，別怪老師，一直以來，顧客第一是鐵律，你有記起嗎？」

凱莉垂頭不語，突然又抬頭應答：「老師，記得！」

「千挑萬選，選上你當學生，就是珍惜你的才華，但當化妝師、造型師急不來，與客人相處和禮貌我們該掌握，都是鍛煉。」

「就是，老師對。」

「如你觀察我跟客人對話，你會陸續發現客人一直在推介友人來化妝，我們自己開業，不單學習技藝，亦當學會營運。」

凱莉這刻才發現，自己錯過了學習。

往後數天，凱莉勤懇起來。老師在 IKEA 購置了幾張木桌椅，凱莉翻開說明書，把桌椅砌妥。後來，她在門外一塊淨土上撒落幾顆種子，泥土旁邊傲岸的樹生長着，岸邊河水清明，時而潺潺流動的聲響，雅人深致，無怪乎許多客人找上門化妝造型，指定在門外拍幾張儷人照。

過了這些年，凱莉仍舊想念那門外的種子到底有否生長成小樹，還是已經受不了風，吹倒了。

有天，老師安排了凱莉一同往台南工作。台灣娘子出嫁，擇時辰，講意頭。這趟可花工夫，娘家出門時間是凌晨三時四十分。於是凱莉和老師在凌晨十二時開始梳妝，新娘是台南人，嫁到新竹去，車程三小時，如此一來，整隊人一整夜沒有睡覺。

終於靠近年尾旺季，凱莉在十二月到一月都跟隨老師南來北往，有些時候南下墾丁梳妝，有時北上基隆造型，新娘習慣安排民宿，遠行不認牀，幾回躺下就睡，沒有顧慮從前與將來。凱莉記憶中一次在墾丁大街，新娘子捨不得娘家，跑了幾步，忽然停下來撒野，說自幼從父無母，現在好歹嫁出去，卻無法撇下爸獨自留守老家。攝影師大抵以為慣常，走向路邊石礅蹲坐，抽起菸來等候。凱莉着急，欲回老家找爸來說項，怎料父女不知何來的第六感，老父一拐一拐跟在後頭，新娘回首瞄看老父，眼淚直流，爸拍了拍新娘的肩說：「女兒，嫁出去！嫁出去！」新娘更受不了，直扯着老爸不放，卻完全忘了臉上的妝容竟都暈開了。老師果真腦袋靈動，請爸把手上抹汗的手帕取來，交與新娘的手上，告訴新娘握着老爸永遠不放，然後請凱莉給她水喝，再隨便輕抹妝容，待往後修補。新娘果真止住了淚，爸再揮了揮手，新娘點頭，然後又再起行。凱莉後來想起，老爸與新娘，內斂與外緣，卻仍是舊有人情，她才學會當化妝師絕不僅靠技藝。

*　　　*　　　*

凱莉那回在佛羅倫斯工作時，每天晚上定會致電香港老媽，媽自那時她離港往台時已常常惦掛，直至現在她往世界各地城市工作，媽仍舊請她務必常常來電。那年在台，起風的日子，凱莉想念媽和媽的青紅蘿蔔湯，好不容易抽空，遂撥打視像電話給媽。

凱莉說：「媽，我很想家。」

媽說：「想家回來吧，別幹了。」

凱莉說：「不！不！我在這裏很好。」

媽說：「怎麼好？媽見你消瘦了，媽還想給你煲湯。」

凱莉受不了媽的話催人欲淚，如果可以，她恨不得把整家人像門外的鳳凰木移植到台灣來。凱莉告訴媽改以電話聊天，看不見人畢竟好些。可不知究竟，爸的老脾氣就像永遠無法改掉，他在媽身旁喋喋不休地說，而且天南地北不知說到哪裏去。爸一直在罵凱莉：「本來穩定一份寫字樓工不幹，幹了幾年不就嫁人了嗎？偏要跑去台灣學化妝，前途沒了，工資拿不穩，還要付人家學費、當傭人，那裏人生路不熟，哪有這麼蠢鈍兒，枉說已大學畢業，根本是人頭豬……」

媽大抵及時止住爸的話，只聽見爸撇下一聲，腳步漸遠。爸怎也料不到，他這次戲謔的罵，竟害女兒哭了幾個晚上。

* * *

然而風起水湧，只要陽光映入，樹就能生長，泥土有水，種子開始發芽。二姊從來未有想過，今天凱莉竟帶同助手，一同前往亞維儂拍婚照。二姊挑了幾套晚服，在亞維儂的圍城內大街上，步步走來就像上世紀古樸街道上的淑女，凱莉刻意替二姊化了淡妝，清麗脱俗。後來二姊與新郎再往巴黎，在聖母院附近拍照，又在塞納河畔的晚霞裏，攝下青春韶華。當晚，凱莉走在河岸，無法不想起那年大姊與媽曾往台與她共度一星期良辰。

大姊來台當凱莉的模特兒。媽一早起來，大姊充作新娘，媽自然當岳母。凱莉從來沒有想過替媽化妝，媽笑臉盈盈，凱莉請媽不要笑，笑着妝上不了，可媽樂得自在。有時凱莉在後頭執拾，媽擰頭過來看她，她不准，媽倒是笑瞇瞇。大姊從小長得美，輪廓外現，五官端莊，化起妝來甚是撩人，現在下嫁姐夫了，想當年姐夫追求她多苦。大姊頭髮多又濃，方便造型，而且臉龐看來具時代女性的美態，正好給凱莉更多發揮。只是，化妝以外，爸爸沒有來。

拍攝完畢，老師端來幾杯地道麥茶，招待老媽。老師稱讚凱莉，讚得太有感情，凱莉一不留神，大姊竟擅自走上工作室二樓那密不透風的房間。工作室是棟老房子，門外開闊，一樓攝影棚與化妝間湊近，地方恰好供人來往，工作自在；步至二樓的門房，是老師的住處，這些日子凱莉常與老師同住，差不多半年時間了。工作室裝設光鮮，然而打開二樓樓梯的門，一陣霉味掩至，天花板古舊得發黑，沒有牀，都睡地氈，旁邊一個老木櫃已有二十年歷史。仲夏日子，天氣特別悶熱，房內沒有空調，只一具風扇和一把扇搧搧風用。老師本來就是省錢的人，這種環境，偶然熱得全身直冒汗，晚上睡不了，還醒來好幾次。大姊不爭氣，竟在二樓房間大叫了一聲「媽」，媽虛應了聲，腳步卻走向梯間。這下子糟了，凱莉知道已無法隱藏，媽逕踏上二樓，環視四周，沒有作聲就下來了。恰巧老師在廚房沏茶，凱莉免去尷尬，見媽和大姊都坐下來，凱莉雙手掩臉，不知要說到哪裏去。

凱莉請媽和大姊到屋外，指示媽看屋旁的泥土和海。那匍伏的小草在兩星期前已經長芽，今天媽和大姊來，竟長了幾塊新嫩的葉，似在逗樂各人。媽從來都愛植物，她深吁了一口氣，蹲下來貼近葉片瞪着眼看，嘴角呈現笑靨，凱莉在旁告訴媽，種子是她撒下，意料之外，竟長出新葉來，然而媽的淚滴下，沾濕了葉尖。凱莉不懂回話，她知道媽為了自己的瘖鈍之苦隱痛，話欲說出來，卻像骾喉，只管歎息。媽每逢想起這段日子，她終究沉默不語，直至現在。後來，大姊告訴凱莉，媽在回港的飛機上說，家裏有單人牀、衣櫃、書桌，夏天開空調，至少睡覺時不癢，這日子苦了妹妹。

*　　*　　*

風吹過長廊，凱莉走至銅鑼灣開業好多年的店，今天台北的老師來港，不是專程來，卻抽空相聚，順道看凱莉的店。凱莉在歐洲、日本購入許多紗裙，用的是高檔化妝品，她懂得一生人一次，雖不是所有人，卻總會花費。路線多樣，她警惕自己寧生意淡薄，亦不容議價，價一低，往後做不來，反正服務到家，不愁客人上門。中午時分，老師按動門鈴，凱莉和老師首次在香港相見。

自台灣學滿師，凱莉回港後因無法開設個人店鋪，就在尖沙咀幾間婚紗店掛單。單是掛了，卻人跡罕至。偶然旺季，有些化妝師無暇兼顧，她才開始有自己的客人。有天凱莉走過尖沙咀金巴利道，店鋪聘了外勤派單張，單張一發三張，都是相同的，她取來一看，怎麼單張上女子的化妝如此模樣，怪形怪相，如此醜怪的化妝卻比她收費還要高，於是，凱莉一股腦兒挺進店鋪，對老闆說：「老闆，這種化妝過時，不好看，而且收費不便宜。如果我來，定必更美。」這番話果然受用，老闆請她試妝，頭髮造型，凱莉一雙巧手，乾脆利落。她堅持不減價，工夫卻到家，老闆應允了。

凱莉開始在社交平台上載自己的作品，扣連了些公司，兩星期後，中環一家公司聯繫她，凱莉那天抬着厚重的化妝箱踏上許多級樓梯，路不好走，然而她想到苦日子已捱過，若不挺過現在的處境，往後更無路可逃。中環的確高尚，店鋪試妝後竟開出原來雙倍價錢聘用，說她的妝好，用料合適。凱莉喜出望外，在中環一間花店購了幾株迷人的香花，帶回家裏給媽，媽愛植物，特別是花。

後來凱莉當主題公園的指定化妝師，替明星化妝，替名媛造型，有時客人愛飆着英語攀談，她應答如流，更替她換來一批又一批外國客。直至有天，她認為自己應擴充事業，於銅鑼灣開設了Ima Makeup。

清爽的天空好自在，抽出一口安舒，凱莉記憶中店舖開業那天，媽媽、大姊、二姊都來，還有爸。爸穿着西裝，來時路走得吃緊，冒出一身熱汗，原來送她的花，不知受了多少無辜的熱氣，卻不礙它明豔地綻放着。媽哭了，與她在台灣時的哭臉不同。農曆年將至，凱莉與助手和攝影師，湊合一家到酒店晚宴，慶祝新年，享受良夜。

老師感言

凱莉自中學時期已有不同想法。在這知識型的年代，誰家都考慮升學，學校、碩士以至博士學位都是我們拚命追逐的，然而，我們是否也曾想過，到底我們打算在生命中有着什麼追求？或說將來生活怎樣切合個人的性格？凱莉中學時代已對這些問題產生或多或少的懷疑。

就在中學畢業後，凱莉選擇了修讀設計，如果說興趣使然，她必定考慮修讀文學；然而，她一直無法忘記，甚或違背自己的想像。文學是愛，設計是情，深刻的情勝於當下的愛，為情所勝，最終入讀設計學系。

就在虛妄與寫實之間，凱莉在大學裏混了幾年，偶然一次機會，凱莉替學校劇社化妝，才曉得她對於化妝有非常濃厚的興趣，而且多有練習經驗，水準在一般年輕人之上。

凱莉及後受坊間的機構邀請當義務化妝，大概這種經驗的累積與性格都是如此培養出來。直至大二那年，她受家人委託前往台北當新娘化妝，凱莉非常喜愛，回港後抓着老師說了又說。

那天晚上恆熠星輝耀人目眩，凱莉和老師、同學聚會，聚會後，凱莉說不如一同看星，於是，大夥兒往大美督船灣淡水湖水壩去。凱莉對我們說，她正困囿與掙扎中，如果可以，她寧可飛往台北學藝，學得一手化妝技藝，回來香港開業。同學中卻多有反對，學位到底是這代人的必須，許多人幾經辛苦，總得提高學歷，對就業、前途也好。然而凱莉卻不以為然，她從沒有想過就業，只打算創業。

凱莉老早已聽過同學的意見，她在等待的是老師的想法。怎料，老師竟不反對她前往台北，學位將來可取回，然而若待他日生活的方式定型，各樣的代價更大，那時才談論夢想與理想可說更難。凱莉笑了，同學卻多有擔憂。大抵凱莉根本老早想好，只是期待老師的說話，幫助提升信心。

生命的價值與意義不在乎眼前，凱莉犧牲了多少來成就個人夢想，不論是學業、家人與各種回憶，都成為她發展將來事業的潤滑劑。Ima Makeup 這兩三年在業界頗受歡迎，而且服務多元化，除了開始婚攝化妝、外地攝影、婚禮當天化妝，還有大型活動及主題公園活動的指定化妝公司，這些都是凱莉起初意料所及。凱莉現在多有助手，助手好學，與凱莉一同建立公司品牌。早些日子，公司已經外闖，外地有不同的公司聯絡 Ima Makeup，邀請他們前往外地負責計劃活動化妝，這些從未料及的發展鼓勵凱莉繼續成就更多。

我們不曾理解自己的性格與價值，只以為生涯規劃只得一路，為努力讀書、考上大學，完成大學尋獲好工作的「幸福方程式」而努力，後來有一天，終究發現忠誠對待自己是何等重要的。

公正

衣服的窸窣聲無法表達靖心頭的躍動，就像過度渴望西風的印度榕樹，樹幹硬挺，青葉向四圍伸展擴張，一旦葉尖觸碰到日光，那溫暖的熱度是美好的徵兆，來預表靖多年來的等候終於實現。這是實習工作，維時兩年。

「靖，給你介紹，張律師、胡律師、范律師，旁邊是郭小姐、霍小姐、陶小姐，我是譚女士，這裏的管家。」譚管家扯高嗓子說。

「各位律師好，大家好，管家好。」靖趕忙回應。

「我是譚女士。」譚管家瞪眼斜睨着。

「……抱歉，譚女士。」靖臉帶靦腆。

「學習當律師，應由校閱文件開始。」張律師逐字清晰地說，「校閱」二字說來緩慢有力。靖用力點頭表示同意。

「我們並不需要你認同，只需要你明白。」胡律師接着說。靖趕快應對：「明白。」

「明白與做得來層次不同，看來你不明白。」范律師說話有些不饒人，就像乾燥的葉片。靖到底不理解，就吞吐其詞，還是點頭應對。「今天你跟譚管家四圍認識一下。」范律師道。「知道，勞煩譚女士。」譚女士只瞥着三位律師，逐一點頭示意。

靖幾乎可以肯定，譚女士有潔癖，只要瞄看她的几案，蘋果新型電腦以四十五度斜放着，鍵盤與滑鼠與桌沿平衡擺放，桌頭另一端幾個直豎着的文件套裝並列，像久經訓練的部隊。桌前最奪目是一塊豔刺鮮色的方巾，大概用作抹拭辦公桌。果然，譚女士吩咐這是必須學習之處。朝辦公室天花看，同樣是一堵沒有塵垢的潔白。再看那弧度剛好的靠背椅，筆直的壁燈，方正的平板電視，和那驅使周圍寂靜無聲的地氈，都使靖陸續理解律師行的法度是怎樣得宜。譚女士佇立在律師行最裏頭「公正」的橫幅下說：「實習律師的薪金偏低，正確的心態是來學習既毋須繳費，還得到補貼。」靖說：「同意。不，明白，我做得來。」譚女士沒理會靖的回話，就繼續說：「在律師行實習必須肯捱，別怕吃虧，任誰都有資格教訓你，哪怕是茶水姐姐。」在一輪指點後，靖終於捱過了第一天實習。

靖爸爸在家守候。公共屋邨是那樣的零落，乾澀的風吹向瘦伶伶的肩膀，白色背心汗衣無法令靖爸爸清爽，汗仍舊滴下，鐵風扇葉攪動聲響，重複的晚間新聞報道，鋼閘外電梯門開合的吱呀聲，靖爸爸從廚房到客廳來回踱進踱出五次，終於將大閘蟹放在深棕色霉木桌上，他誤以為蟹腳可作餌，就將蟹腳朝鋼閘方向調校，來誘惑女兒回家。蟹在大沸鍋費了兩小時熬煮，氣味早已滲透公共屋邨走廊。靖在走廊抓着幾根蔥、一把辣椒，氣味溢至鼻孔，她呷了一口家庭暖和，就在門外搖擺幾下蔥和辣椒，左右左右，滿臉笑靨，她請爸爸裏應外合，放下剛好揉搓完的腳掌，趿上拖鞋，弓着佝背走至，順理成章拉開鐵閘，接過蔥和辣椒。

一股膩香的白米飯，飯氣氤氳。白米酒醇香，一道青白菜，夾着五香牛肉的濃郁，還有主菜大閘蟹，李家良久未有如此好菜，今夜是為靖祝賀，靖爸爸盼了又盼的一頓尋常飯菜。

「怎樣？今天實習怎樣？」靖爸爸有些緊張，把蟹鉗一扳，連蔥帶辣椒放在靖的白米飯上。

「很好，律師說得好清晰，管家說得很仔細。」

「那好！」靖爸爸靜了片刻，又說：「要求是否很高？」又替靖夾了五香牛肉。

靖微微輕笑，替靖爸爸添了白米酒。靖爸爸眨了幾下眼睛，一邊擺動足肢，說：「別勉強，我們屋邨之家。」

靖把木椅往靖爸爸靠去，一擁他仍舊濕濡的肩膀，拍了幾拍。

*　　*　　*

律師工作從來都是緊湊，那天整所律師行都是張力，就像整個森林的鳥遇着颱風，鳥怕風，又怕人。IPO（公開招股）到了關鍵時刻，律師行的人受不了情緒牽動，同室共處都是聒噪，靖負責校閱，耳目卻留心四圍的情緒。客戶、會計師、律師都在捱通宵，已通宵第三夜。

晚上十時多，招股書第一稿出來了，這是生意，文字歧異，用詞欠準，責任可大。靖已第三次校閱招股書，恍若婦人新生嬰孩，經歷三次劇烈陣痛，來體會生產的實在。這是最後一夜通宵，聽說要吃慰勞宴。十一時許，客戶皺着眼皮，用萬寶龍鋼筆圈着招股書其中一段，鋼筆收回阿瑪尼西裝口袋，說：「再多着墨。」幾位律師笑着和應，殊不知這笑，代表整個律師行的人今夜都不能離開，靖的心跳來不及飆升，人鑲嵌在弧度剛好的座椅上，一股勁從頭貫至腳底，開始鉅細靡遺地思考哪個英文用字更傳神到位，實習已不是單純校閱。

凌晨三時，窗外恍若有光，印度榕在暈黃燈影下仍然挺拔，葉片有些閃爍，光暗不定。律師和高層，一些中介漸次離開，表情流露着滑稽。高層沒料到弄至深夜，成了亡魂，且與收入不相稱，逼出了脾氣，怨懟地表明不值。靖心頭才彷彿滋生黴菌，有些不純正，難為自己人工更薄，卻仍舊裝出生機賁發的模樣，修改文字，來迎合客戶和高層，同時，讓自己更理解葳蕤的印度榕的生存方式，這是難得的機會，既是難得，乾脆丟了情緒，裏外共同上演大自然的戲碼，迎合是道。

律師行的冷氣槽是中央系統，就像這裏的氛圍，冷氣調校得大，吹過薄荷香，靖彷彿練就那無眠的能耐，肚子卻餓了，俯看樓下詭麗玄黃的招牌，寫着「翠華」兩字，再仰首看那月鈎已過，雲絮後透出的微暈，就如混沌初開的天色。靖無法理解實習律師要練出無眠無餓的本事，那至少可以回家沐浴，洗臉，穿套新衣，裝作翌日上班，靖就向一位合夥人說：「回家整裝，不打算睡，兩小時來回。」

合夥人說：「這倒簡單，看你臉靨閃着油光，pantry 左邊二號櫃全是潔面乳，隨便取用。」靖巴不得暈去，卻仍挺着道謝。合夥人續說：「校閱良久，開口話來一股口氣，三號櫃是牙刷牙膏，順便料理口腔。不是說不可歸去，明天是所謂的『關鍵時刻日』，所有人 stand by。」靖怎料律師行如此周到，憋住一腔悶鬱，強化內心戲，蹙着眉表示難以置信，不忘一再道謝。

蘋果手機屏幕再次顯示訊息，靖覺得有些少年滄桑，頓悟羽化，實情是眼白白怔望屏幕，神思萎靡。凌晨時分，仍打擾心臟躍動的大概只有靖爸爸，晚上六時三十分靖爸問：「女，今夜預備了大閘蟹，回來就吃。」晚上十一時：「女，大閘蟹存好，不打擾。」凌晨二時三十分：「女，可能就小睡片刻。」凌晨五時十五分：「女，多喝水。」靖窸窸窣窣，有些淚眼，靖爸爸將蟹翻蒸得又黃又霉，卻老實不敢吃，靖開始懊惱。

關鍵時刻差不多到了，招股書備妥，靖的腦海仍在跑馬燈，喉頭有些燙，臉容有些蒼白，總算完成第一份招股書。還來不及助威，靖姐姐來電，聲音有些駭人，說爸爸腦出血中風入院，靖眼前一片玄黑，骨骼發軟，趁人仍未垮散，硬揪出一份意志，奔向譚女士說：「譚女士，我爸中風，急性的，我可趕往醫院？」

「聽得明白，這是人生常見的。當律師就要冷靜，這是一個鍛煉機會。用三分鐘清醒頭腦，一分鐘執拾，期間思考提供什麼的士路線，想清楚醫生給怎樣的反應……」

「譚女士，我可以離開了嗎？」靖的眼淚幾乎藏不住，要掉下來了。

「似乎你仍學藝未精，請去。」

一陣酥麻燙過全身，靖霍的趕往醫院。

* * *

心臟起搏器「嘟！嘟！」的響着，靖爸爸呲牙露齒，身體歪着，神情呆滯，卻仍然清醒。怎料進院翌日靖爸爸陷入昏迷，情況瞬間變得危險，靖畢生沒料到全身發抖可以如此劇烈，頃刻就像與死亡十分接近，她在醫院裏想起譚女士說：「當律師需要冷靜……」就在那綠色長椅前，靖一陣雞皮疙瘩，縱然他日若能準確寫成招股書，今天誰人指導她寫一份招魂書？於是，靖只可以禱告她所相信的神。靖媽媽與靖姐姐卻早已哭成淚人，靖刻下成了家屬代表。凌晨一時，靖沿着醫院地面黃色引導線，踉踉蹌蹌，朝暗黑步道直往當值醫生處跑，醫生盹了盹，脱掉眼鏡，卻一直盯着電腦屏幕，説：「可能半身不遂，可能變植物人，可能死，手術做成未必醒來，不做手術性命難保……請儘快決定。」靖沒有告訴靖媽媽和靖姐姐，簽妥了手術同意書，走廊沒有風，沒有樹，沒有使人安慰的音樂，靖只默着，凝視地上那黃色的引導線，想起鍋裏翻蒸得黃餿的大閘蟹，和那漫長的冷夜。

* * *

按律師會的要求，靖從商業部門轉往房地產部門，從此不用招股。股招不成就當替假秘書，實習律師分內事。譚女士管東管西，地產部門都是她職權範疇。

譚女士說：「地產部門不只要冷靜，還要靈巧，客戶都是名門。」靖點頭示好問：「譚女士，請問名門與一般人家有什麼不同？」

「名門要特別招待，『A100』號房專門為款接他們，裏頭香薰飄逸，茶味繚繞，十分舒泰；一般客人倒在會議室接待就可，房號『A113』。」

靖幽幽的有些懊惱地説：「譚女士，請別見怪，得一大客不易，我懂的，擲地有聲。可是法律系指導我們什麼是社會公義與平等，我不是説貧富無異，只是想問，我們可以有些機會幫助弱勢嗎？唉……對不起。」靖低下頭來。

「我明白你的，你剛畢業，思想總有些不切實際，律師行每年都捐獻贊助一些團體，金錢上支持弱勢。」譚女士拍了拍靖的肩。

「我是説法律上的幫助。」靖情急地問。

譚女士似笑非笑地說：「那就找法律援助，政府有足夠幫助，好吧，夠了。你在這裏學習的是真實世界裏的法律事務，你再絮叨也是一樣。」譚女士雙眼直瞧右上方。

「不是，我是說難民救援……」靖着急起來。

「不要憨情，看你這張臉，童騃得可憐。十分鐘後會議室見。」譚小姐穿着四吋鞋踭高跟鞋，忸怩地緩步離開。

靖本來靈動的眼一動不動，有些嫌自己不夠冷靜，一腳踏前有些顛簸，然而轉念之間立時將腰板挺直，這只是實習，反正不礙事，若時間不會老，她仍舊煥然一新。

* * *

會議室四圍一片白，幾乎所有東西都是白的。合夥人今天請靖當替假秘書，手指着四個白色文件夾，靖需要當心做妥，明天是這份樓契的「關鍵時刻」。靖三個月來學曉當律師最重視時間，時間是關鍵，然而重視與重要不同，她到底認為公平與公義才是重要的。

靖巧妙地回應道：「律師的意思我懂，今天下午五時前辦妥。」

合夥人緩緩打開文件夾，翻開第三頁閱讀，圈劃兩筆，就開始說明文件怎樣修訂。

靖隨即回應：「知道……知道……」合夥人再翻開第五頁，指着條文，靖回說：「知道……都知道……」

合夥人按捺不住說：「我還沒說罷你就全知道了嗎？」靖瞪了下眼睛，不敢作聲，又不敢看錶，待合夥人說罷。語畢，靖三步併作兩步轉身便走，譚女士「吭」的一聲，眉頭都皺了，合夥人扯高語調說：「慢着！回來！站在這裏！」靖退了回去，站在合夥人身後，合夥人竟沒有任何吩咐，只管站着。靖心裏頭想，這是罰站嗎？何不讓我趕快做妥文件？她想起爸，每天探望爸的時間只有六時至八時，再站就來不及了。如此站了四十五分鐘，有同事找合夥人說話，合夥人冷峻吐了一句：「出去。」

靖一股腦兒地修訂文件，有股青澀的酸擠着，血液有些不安分，紅彤彤的臉靨無法平靜如故，直至下午五時正，律師行與醫院之間有些糾纏不清，她最終勉強擱下文件，煞有介事的跑掉。

* * *

靖爸爸三天內做了兩次手術，發燒，肺炎，血壓飆升至二百，身上插着五條喉——頭臚上兩條排出腦積水，呼吸機、鼻胃喉和尿喉，身體愈見水腫，靖可以認出法律條文的錯誤，卻幾乎認不出靖爸爸來。

靖勉強留住醫生，說：「醫生，我們有什麼可以做？」

醫生緊抿着嘴說：「沒有，唯有待爸爸腦內積水慢慢吸收。」

靖說：「我們在爸爸耳邊叫喚他，講他喜歡的故事，播放他喜愛的歌曲，可管用？」

「沒有臨牀經驗證明有用，亦沒有臨牀經驗證明沒有用。」

靖左右張看，續說：「我們可以替他按摩和按壓穴位嗎？」

「他全身都是喉管，最好不要動他。」

靖和靖姐姐同聲說：「那我們還可以做什麼？」

醫生抽了一口氣，撫慰地說：「沒有事情可做，等待一下吧。如果……大概兩星期未醒，醒來機會不太大吧。」

靖牽着靖姐姐還有靖媽媽的手，一同禱告。

*　*　*

禱告後，靖站了起來。

靖即將正式成為律師。

樹猶如此，印度榕樹依靠硬挺，靖將進入新境界，然而，新舊卻不分明，都是本業，縱身躍入那時間的裂縫之間。

老師感言

靖自初中以來已是學校裏頭品學兼優的學生，預科時期擔任領袖生，對她來說最適合不過。她愛紀律，從小已是規行矩步，她不認為凸顯個人性情能帶來生命的滿足感。反之，平凡是福，初中時靖已十分着重學業。記得有一次學校旅行，那年中三，靖與同學坐在燒烤爐旁，老師發現她和同學正興高采烈地研究學術，研究什麼呢？他們在判斷用什麼英文句式更有效表達同一個中心思想，而其他同學老早往海灘耍樂了。

有時，老師亦感覺他們是否過分緊張學業，工作有時，耍樂有時。就連學校旅行都在研究學術，那怎樣平衡生活？當下老師請他們別再討論，往海灘一塊兒玩樂。靖卻表示，她和幾個同學研究英文句式裏頭着實有很大的樂趣，而她亦會在稍後時間到海灘參加活動。這是老師對靖非常深刻的印象。

靖亦喜愛文字，她在中學時與幾個同學出版自己的文集，中英並重。不論是文藝作文又或者評論，她都寫得好。大概這些語文根基老早在中學時期已經牢固。另一方面，老師一直知道靖十分顧家，靖的爸一向身體不好，有多少年輕人在中學時期為照顧家人而放棄個人娛樂呢？我們許多時候說年輕人不懂事，只考慮自己，不珍惜身邊的人或念及其他人的需要，尤其對待家人無情無義。然而，靖剛好相反，在照顧爸的日子裏，都是樂趣。常常聽她口中默念爸的本事——爸曾是書法家，寫得一手好字，與爸討論怎樣裝字，可以討論多少個良夜。

初中時候，靖已打算當律師。老師一方面鼓勵，另一方面卻不支持。老師常以為當律師不好，如果有理，當正義的律師不難，但如果無理，只要尋找法律漏洞或詮釋條文的可能，當律師大可以為犯罪的人無端開脫。故此，在真理的前提下，老師一直希望靖重新考慮自己的職業。結果，靖還是當上律師，在宣誓那天，老師看見靖嚴肅地讀出誓詞，秉持公義，老師相信靖必然會當個稱職的律師。她現在於律政署工作，主要為社會基層市民和南亞裔人打官司，幫助這些有需要的人爭取公義。

苗情幼年

這是一個獨一無二的位置，是謙謙的個人專屬，無可取替。

早上，九龍塘車輛通道已呈單行，路的兩邊已由黃色或是其他顏色的褓母車輛佔據，好端端的馬路，車輛停了又停。於是，謙謙蹲在幼稚園門外的馬路旁，等候車輛開行。路上行人踽踽而行，每一襲掩蓋了他視線的身影，他都不喜歡。

直至幼稚園校門打開來，隊列中的謙謙仍舊蹲着，同學一個接一個的在他前頭繞過，距離近，人流密，如一幅流動中的牆垣，幾乎全把他遮蔽。謙謙按捺不住，直把一個一年級小女生推開，開出毫無阻隔的視線來。女生不慎倒地，手擦損，喊聲很大，直傳到門前幫助排隊的姨姨耳中。姨姨趕忙扶起女生，把她帶進幼稚園。謙謙想必有老師來看究竟，而終將帶他進校內，喝罵一番。老師是不會理解他原先在看車，女生不拐後頭，偏要走前，各有不對。果然，老師來，硬把謙謙扯起來，帶進校園裏去。

*　　*　　*

「這可不是首次，紀錄裏已是第八次發生相類似的事情。」容老師說。

「就是，記憶中我們幼稚園裏從沒有這種學生出現過，你們有沒有留意，這孩子的目光常常有些僵滯。我那天上普通話課，明明是安靜的時間，他就彈起來，毫無規矩；到茶點時間人人往洗手去，他就坐在椅上一動不動。我就是覺得這個孩子特別聰明，故意不合作。『人仔細細』竟然如此，我不是說不能把他教好……嗯……就看怎樣教。」許老師說。

「我看見他的媽時，她說他在家很乖，各樣事情都做。他的媽說他比起對上一個哥哥還要懂性。家務不在話下，就是功課亦能自己做。」鄺老師瞪着眼，說話時臉上掛着不能置信的表情。

「他的確沒有欠功課，那個小手工燈籠和火車模型，聽說是他自己做的。你們知道，這些功課，大部分小朋友都要爸媽幫忙，他卻不用。」許老師說罷後癡笑着。

「話說回來，他推人，他推同學弄至同學擦傷，真是嚴重。要通知他媽，亦要通知校長。事先聲明，我不是沒有愛心，只是覺得，他不適合我們學校。或者要說，學校不適合他。」容老師說。

「你別責怪自己，愛心亦不是無限，亦會有用盡的一天，辛苦你。」鄺老師說。

幼稚園外頭沙沙聲起，許老師說終於下雨了，容老師亦回說終於下雨了，鄺老師愕了愣說原來下雨了嗎？

此時，苗老師站起說：「我們總是錯覺外頭下雨，是蟬鳴與秋螢而已。他的名字叫謙謙，我們可以稱呼他的名字吧！我不懂得學校是否適合他，可是，他是我們的學生。」

許老師、容老師、鄺老師同時瞥看窗外，看看到底是雨不是。

*　*　*

「謙謙，你乖，苗老師陪你坐一下。」苗老師說。

「苗老師，我推倒了同學，但我不是故意的。」謙謙說話時身體有些抖。

「了解，不怕，苗老師聽你慢慢説。」

苗老師和謙謙對話，他的媽媽來了。媽瘦弱，斯文外表顯示賢淑的個性，媽長髮束馬尾，眼睛輪廓深邃，架着眼鏡，戴吊珠耳墜子。媽都是老師，任教中學。媽穿過紅色鐵柵正門，經過花圃。花圃栽種了不同顏色的繡球花，學生都喜歡。謙謙幫忙花圃工作，他愛打理，每次澆水，藍色花會多澆一些，謙謙家裏的花都是藍色，媽媽買的。

「謙謙媽好，感激你來。實情是小事一樁，本來電話聊兩句就可。」苗老師説。

「苗老師，我們熟稔，別客氣。多虧有你，時刻愛護謙謙。」謙謙媽説話時特別費勁。

「謙謙媽，我們都是老師，怎會不明白！只是，當你關懷別人的孩子，的確沒有時間想望自己的，這種心情，你我都懂。」苗老師說話時聲音有些虛弱。

「你聲音有些沙啞了，真抱歉。」謙謙媽靜默了一會，再說：「說實在，我不太擔心謙謙，心理學家判斷他過度活躍，甚至是亞氏保加症，老實說，他爸爸年幼時比他鬧得更厲害。」

「以往我們沒有檢測，反正我們都有症狀，成長後卻似乎消失得無影無蹤。」苗老師說。

「我們都是老師，看來十分不專業。」謙謙媽說罷笑了，苗老師也笑。

「對，別擔心，程序歸程序，我還是會十分愛錫這孩子的。從幼兒班到今天，已經三年多，孩子仍是可愛。」苗老師淺笑着。

「難得有你視他如自己的孩子。」謙謙媽説。

「我們看謙謙去，他在閱讀角看書。」

* * *

這個秋晴的早上竟添了幾分寒，恍恍惚惚，今天旅行本來點染着美好秋光，然而若不是帶着激情，恐怕整天裏只會體味奢侈的片刻，正如陀螺般自行轉動，不懂何事。容老師一直這樣以為，她討厭旅行，郊外髒得很。謙謙今天有些反常，在旅遊巴上心不在焉，就像難於啟齒的樣子。只見謙謙搔着耳，突如其來的悶鬱似乎過度攪擾，單看他的神情恍如已經踏進青年時期的篤定，如此純粹。為免觸及許老師和鄺老師過敏的神經，苗老師設法營造歡愉的氛圍，然而謙謙仍舊是呆滯的坐着，就像一棵乾枯樹木空對着天空默然不語，缺了血肉。謙謙的媽坐在旁邊，卻未有異樣。

旅遊巴抵達元朗大棠有機農莊，農莊內有士多啤梨園、各種植物和動物。陽光在秋冬天際的季節灑落，分不清是暖和還是陰冷。容老師在前頭呼喊，孩子和家長都排好次序，在門口拍攝合影，小孩早已學曉作狀，謙謙卻從不妥協，何況今天的他！

媽跟謙在剛好乾涸的泥路上走過，昨夜曾經下雨。謙謙是下雨前開始心情轉變的，直至現在。走至農莊中庭，這裏設置了馬房，一股酸澀味直滲鼻孔，媽曉得謙謙不悅，直帶他一同走過。苗老師恰巧在前方，她帶着幾個同學在彎曲逶迤的橋上餵魚，魚糧撒落湖面，魚如幻化的秋菊聚合與張羅。謙謙愛魚，苗老師不斷揮手喚謙謙趕緊來看，他卻僵立在原地，老是不願前走。媽此際抱一抱他的肩，苗老師覺得驚奇，於是把魚糧交予鄺老師分配，走至謙謙身旁蹲下。

「謙謙，你來餵魚嗎？」只見他緊繃地扯着媽的運動褲，苗老師看謙謙媽一眼，媽點了點頭說：「告訴苗老師好嗎？」苗老師訝異地看他，他緊皺着眉說：「家中魚缸裏的魚死了。」苗老師瞪着溫馴的大眼，有些錯愕，她掃一掃謙謙的背：「怎樣死？什麼時候？」

謙謙糾結了一會，吸了口氣說：「魚是我弄死的，就在昨晚，下雨之前。」

苗老師不打算尋根究底，「好吧！好吧！再養新的。」

謙謙搖了搖頭：「新的不是牠，牠死了。」

謙謙媽説：「他昨夜怕得臉都發青。這個孩子覺得魚缸太小，認為魚不應限制在狹小的地方。」苗老師隨即應答：「明白！明白！然後呢？」「然後，他在浴缸開出一缸水，把小魚缸裏的水和魚倒入。」謙謙媽摸了摸他的頭。

冷不防一陣風吹來，吹起農莊一地早已枯黃掉落的葉片，苗老師向媽使了個眼色，手拖着謙謙走，一直走至樹叢中。

未料到謙謙會否過敏，苗老師為避免在情緒上過度觸碰，故只陪伴謙謙在農莊四處走看，既看樹，又看花。

「謙謙，前頭看見高樹嗎？那是木瓜樹，夏天時生出幾個巨型木瓜；旁邊是楊桃樹，楊桃會自動掉下來；那裏矮小的是大樹菠蘿。」

「苗老師，那棵幼幼的是什麼樹？」

「那是沉香。」

「那棵巨大的又是什麼？」

「就是大榕樹。」

「這裏種植不同的樹，有沒有問題？」

「沒有問題啊！這樣會更美。」

「那為什麼同學每個都不同，就不能在一起？」

苗老師沒有預料謙謙的提問，而且她從來都無法把握謙謙思考的幅度可以到達怎樣的地步，為免情感過度打擾，她仍舊是積極地引導他想像美好，然而，骨子裏她卻想起老師們，就連老師都難以一起相處，更遑論小孩。

記憶中校長曾經提及過，對於天性稟異的小孩，我們不可以襲用因循，要隨時改易方法，深淺入時無。苗老師帶着謙謙，走至亭榭裏頭，這裏有各樣的花。

「謙謙，你來看這種花！」苗老師提高嗓音。

「是什麼花來的？」

「這是桂花，老師抱起你看。」

「為什麼桂花都向下？」謙謙狐疑地問。

「就是，但它很漂亮啊！你覺得是嗎？」

「覺得。」

苗老師放下謙謙，告訴他花的形態、魚的生態和人的相處。自自然然本來就好，不要介意。苗老師理解謙謙當下不明白，然而，她遽然發現，樹頭不知何時開始有個鳥窩蕨，鳥在其中，有隻在外頭閒步啄食，時而飛去，時而飛回。她請謙謙看，他果然一直瞪着眼盯着，久久未有轉開，只是他的臉容似乎寬舒了些。

* * *

容老師畢竟已在幼稚園許多年，對幼稚園裏的所有可能都不以為然。她今天精神有些委頓，經過幼稚園遊樂場的攀爬架，霍的心血來潮，想像一輩子多少日子在這裏度過？她沒有結婚，一個人常待在家裏，或者就在幼稚園裏管東管西，想深一層這裏沒有什麼東西與她有親密關係，尤其這個攀爬架，與它非親非故，何故時常植入自己的思緒中，久久未能散去？容老師端一下近視鏡，鏡框有鏈相連，繞在後頭，走起路來端端正正。她瞥見屋簷下幾個幼稚園生有些不知所措，隨便一問，幾個三年級生只管傻笑，天真的問老師可否到遊樂場玩樂，反正傭人未來接送。容老師聽後有些惱，只是小事情，於是揮一揮手，着學生們都去，然後搖搖頭，睥睨着幾隻小鬼。這些日子，容老師感覺生活的無可奈何已在體內迅速繁殖，並有繼續滋生和生長的可能，她有時想像自己是不是已忘記了教育熱誠的感受，還是生活太安分，已沒有刻意改變的熱情。

熾烈的夏光迤邐在攀爬架上，映出一股白暈的光圈，容老師坐在石磡上看光暈。可突然「砰」的一聲巨響，一陣風吹過，彷彿抹清容老師的眼目，她驚見其中一個小女生躺在地上，樣子痛苦，一直在哭。當下，容老師慌了，腦內立即想起問責、後果、交代、退休金等問題，她旋即撲向女生，女生的嘴唇開始轉青，逐漸透白，似乎恐懼比起痛楚更大。各人都來了，沒有人敢碰她，直至醫護人員來。風仍無法吹乾淚痕，其他小女生哭着告訴醫護員她怎樣從攀爬架上跌落，手撐着地，由此動彈不得。

鄺老師說：「這下糟了，希望孩子無礙。」許老師說：「就是，不可有事，否則傳媒會炒作。」鄺老師接着回應：「不用傳媒，社交平台即將刊出許多評論性文章。」

「你覺得會有什麼題目？」

「嗯，例如是：幼稚園的安全性探討、攀爬架的安全性、幼稚園教師權責、幼稚園資源是否足夠，還有一系列分析我們學校的文章，甚至是學校在九龍塘以至全香港的排名，諸如此類的文章。」

「說的是，還有家人、朋友虛情假意的關懷，其實想聽內幕，只是回覆已夠我們費時。」

「還是別管這些，我們往看看容老師，看她心情怎樣？」

「看？怎樣看？在校長室被問話，這次可糟透了，創校至今的聲譽毀於一旦，你說校長可惱還是可恨？苗老師往哪裏去了？她老早跟救護車往醫院了。她真的有無窮的愛心可以消耗，難道她沒有家室嗎？」

「就是有才奇怪！」

＊　＊　＊

翌日，容老師兩腿直發抖，坐在校長室內，冷氣直吹，本來溫度適中，披了外衣仍是顫抖。校長坐在桌子對面，意料之外的冷靜，她的眼神直勾勾地瞪着容老師，請她說明一下。這趟直撼動容老師的心潮起伏，因為，她着實擔心小女生。

校長說：「容，你如此有經驗，甚至比我更有年資，為什麼這次如此粗疏？」

容老師深吁口氣，呼氣呼得很遠，說：「校長，對不起，昨夜不停的問自己，我的確恍恍惚惚。小女生現在怎樣？」

「你還是不要知道吧。」

「校長，請讓我知道。」

校長抿着嘴，合手低頭，然後再抬頭說：「頸椎嚴重受創，要有心理準備。」

容老師聽罷整個人呆了，身體彷彿突然變癟，意料不及如斯嚴重。她終於按捺不住，老淚縱橫，似乎這是她三十多年幼稚園教師生涯中，一個駭人的告別式。她感覺冷，冷得就像處身無底的深潭。

校長說：「這次意外，的確是意外，可惜警方認為需要調查，你要有準備。另外，我怕影響你的退休金。」

「我沒有想那些，只想小女生康復過來。可以的話，我寧願把退休金充作小女生的醫療費用。」

差不多一句鐘，容老師自校長室走出來。她跌跌撞撞，精神較昨天更加萎靡，擦一擦額頸的微汗，已不曉得汗從哪裏來，身體就像冷熱不分。她走過幼稚園內的遊樂場，瞥向攀爬架，沒料到人生有這樣一刻的疏忽。

* * *

數天後，校長着所有班別的同學一同繪畫，畫是給小女生的祝福，所有項目由苗老師統領跟進。鄺老師和許老師不想給數落，竟將這次繪畫看得如比賽般，謙謙走過兩位老師的課室時，覺得同學們都如給雞毛撢子擱在頸上，一旦繪畫不工，就活該受罪。

謙謙在課室內跑了幾圈，他就是這樣，同學們正經學習和做事，他偏要坐不定。這次，苗老師為免招搖，加了些許嚴厲，請謙謙乖乖坐下，畢竟近日風雨飄搖，不想再招來事端。幸得謙謙不聽他人，只聽她和媽。

苗老師請同學用自己的方式繪畫，可以用圖畫方式表達，可以用文字美工方法表現，都是自由的。謙謙坐下來，拿起木顏色筆在畫紙繪畫。謙謙幾近完成繪畫，畫的左端繪畫了一班圍着圈的同學，各人手裏捧着花，中間站着一個女子；而在畫紙右端，一個男生和一個女生一起捧着一缸魚，正朝那羣圍着圈的同學方向走去。

苗老師把學生的畫逐一收集，瞥看謙謙的作品時，請他說明一下，謙謙說：「右邊捧着魚的男生是我，女生是我曾經推倒的小女生，我們和好了，她個子小，所以畫出來較細小。」

「很好，為什麼捧着一缸魚？」苗老師問。

「因為我喜歡魚，我覺得人人都喜歡魚，看魚游來游去，很好看。」

「那麼左邊的同學呢？」苗老師問。

「左邊的是好同學，他們都捧着花，送上祝福，花很美，都是藍色。」

「藍色的花，什麼花來的？」

「是新品種的桂花。」

「謙謙好乖，將祝福送給受傷同學，同學一定早日康復，不過，中間的小女生可以繪畫得細小一些。」

「苗老師，對不起，中間那個不是同學，她是容老師。容老師這幾天好像不快樂，她應該好擔心受了傷的同學。我見許多同學繪畫送給受了傷的同學，所以我繪畫送給容老師。」

「謙謙，你真乖，很本事。」苗老師聽罷抱着謙謙，她無故地哭了。

老師感言

苗自小已是十分簡單的人，她在班內不是那些風頭人物，如果提起班內同學，一定不會首先提起她。然而每次同學聚會，她都必然是其中一分子。雖然她不多言，同學討論或打趣時，她只陪伴大家笑笑說說，然而，大家都喜歡她。記憶中，苗不是中學時已打算當幼稚園老師的，她曾經表示這個世界十分複雜，複雜不適合她。

有一次，她有機會參觀報社，她看見報社裏頭緊張的工作關係，人與人之間粗聲粗氣，說話不留餘地，她雖知道並不是所有地方或處境都如是，但這次體驗着實令她感覺外頭社會不是容易待的地方。如果有幸，她希望自己將來一直在學校工作。直至高級程度會考放榜，她仍然在考慮修讀中學教育、小學教育還是幼兒教育課程。有一次，她和老師有非常詳盡的會談。在數小時的會談裏，苗分享過自己對於不同課程的想法，來來回回，不難理解苗選擇課程的背後準則就是簡單。由於中學生較小學生複雜，幼稚園生較小學生簡單，這個簡單的想法促使她選擇幼兒教育課程。想不到，這竟然真的適合她。在四年的幼稚園課程裏，她才發現幼稚園生原來相當不容易照料，可是，幾年的教育培訓不但只是學理上的認知、技巧上的提升，更促使她確確切切地愛上了幼稚園教育。最後一年幼兒教育課程裏，她有機會前往兩所幼稚園實習，這些學生着實太可愛，帶給她許多感動和愛。這幾年來，她一直在同一所幼稚園工作。她怎料到第一所工作的學校已給她很大挑戰，對她來說，謙謙是不好照料的學生，然而，她發現這學生十分有情，並且天資敏銳，雖然所有人都怕麻煩，她卻特別喜愛照料，久而久之的確培養了她獨有的性情。愈是欠缺關懷的學生，她愈會愛護。

老師常常聽苗分享她的學生故事，何等快慰，滿有感動。

縫隙尋源

仍然逗留在公司裏的人已所剩無幾，沒有打算與人溝通，子呈基於無法考究謠言的真偽弄得遍體鱗傷，思緒裏過度的想像彷彿不住發酵，他仍舊以為倚靠記憶中的線索可以尋找多少蛛絲馬迹，到底與誰有仇？大老闆的臉色近日明顯有變，若不想出誰人從中作梗，往後的努力可以報銷，所有的付出亦是徒然。

公司裏愛嚼舌根的人很多，但從外表看不出來。公關公司無非是滿足客戶的需要，把所有場面弄得登樣，客戶備受尊重，在硬實力背後能替客戶徒添不少軟實力，這世代多少公司樂意花費這等本錢。子呈慶幸自己大學畢業後考入這公司，公司在行頭裏享負盛名，兩年裏多少同學羨慕自己，只是他竟然受了好些誣衊的話，長輩説「食得鹹魚抵得渴」，就是這種經歷。

今天子呈相約了記者午膳，記者人好，遷就午膳地點，子呈就在公司樓下大型購物商場內一間中價泰國菜餐廳等候。同時，子呈致電blogger，希望blogger有興趣採訪另一次活動。

「你好呀小芬，上次電話聯絡過，我是子呈，還記得嗎？」子呈說話時故作輕鬆。

「是公關公司的子呈對嗎？你好！有什麼事可以幫忙？」小芬回說。

「上次提及有間香薰公司，成立了兩三年，公司近日推出新產品，的確不錯，我自己親自購買了。沒有什麼，如果請得你在網上宣傳一下，甚或拍些片段，產品定有更好的推廣效果。」子呈表示。

「明白明白，香薰沒有指定宣傳對象對嗎？」

「沒有沒有，從老到少都可以用。」

「我要試用一下才可確切答覆你，而由於近日要力推幾款產品，故未必太有機會在一兩個月內面世。又或者直截了當，都是價錢問題，我盡力做，然而，前提必須是我認同產品的價值。」小芬說話時刻意表現自信，亦保持一些距離。

「收到，理解理解，價錢再議，一定好商量，或者我先將產品送往你公司，然後我再聯絡你好嗎？」

「好，可以，謝謝了，再見。」子呈未及回話，小芬已經掛線。

子呈在餐廳登入社交平台，瀏覽社交平台資訊。泰國菜香味濃郁，做菜的人專挑戰食客的味蕾，令食物的香味統統飄散，有時子呈甚至懷疑菜館製造了專屬香氣，從而逼出垂涎欲滴的效果。有時子呈覺得自己的想像有些荒唐，就連一餐便飯亦有策略可言。廚房炒出腐乳通菜的香氣，其中滲透着菠蘿炒飯的甜膩，子呈恨不得先點菜，品嘗可口的地道菜式。

「輝哥，你好，子呈呀！我在公司樓下的泰國餐館，請問你何時會到？」

「抱歉，今天報社有臨時調動，我現在身處九龍，或者你再多等一會，但我不肯定是否來得及，無法確實是否會來，你再考慮一下。」

「輝哥，想請你們報社採訪這間內房地產周年晚會，上市公司來的。」

「我眼前有十多個上市公司主席要採訪，就這樣。」

「輝哥……」

電話掛了，輝哥不來，待會回公司怎樣交代？剛好旁邊食桌客人嗝出一聲穢氣，子呈立時用餐巾捏着鼻孔和嘴巴，夾起餐桌上的酸瓜，拚命的往口裏塞。子呈為免有失優雅，也為了應付後頭守候多時的侍應生，遂點了一客菠蘿炒飯獨自享用。

* * *

原定今天放假，子呈難得一天上山，怎料老闆來電，他甩了甩頭就回到公司來。老闆的厲害之處，在於催生不同工作，有時子呈乾脆待在公司，怎曉得老闆的確有股搧人的傲氣，雖不懂怎樣憑恃，然而子呈老是恭維。上個月開始，他在自己的書桌底下放置了後備衣履和鞋，甚至清潔用品也一應俱全。公司同事笑說子呈不可理喻，打工非一輩子，怎麼弄得自己神鬼不分。

子呈認為，說這些話的人到底年輕，甚而有些較他年長的亦無由爭辯。他們說在家裏睡覺睡得理直氣壯，只有他連睡覺亦是罪過。那天子呈在公司工作至凌晨，眼見入夜了仍有許多事務，於是他憋在公司梳化上小休一會，竟招來不知什麼人黏稠的議論，當天詠怡都在，害得好些日子和詠怡都糾纏不清。

那天，公司電郵傳來不明不白的消息，記者輝已俯允出席內房地產上市公司的周年晚宴，除了在報章刊圖，亦刊出上市公司的業績與未來發展路向。大概所有人看見電郵都沒有特別反應，只有子呈一人不是味兒，而最重要的是，他似乎無法認清公司裏是誰有這本領。

當天下午，公司開大會，子呈老早抵達會議室。若他知道後來高層人員請他坐在後頭，他死也不會無端湊近老闆附近。會議仍有半小時便開始，子呈捧着紙箱，裏頭是會議資料與文具，他負責會議前派發紙和筆。筆必須端好，垂直筆桿正好與會議桌沿成了九十度角。

「各位同事好！今天我有一小時，四個部門各有十分鐘匯報，餘下十分鐘總結討論，現在開始。」老闆斬釘截鐵地說。

「淑湲，現在什麼情況？我是否遺忘了什麼？」子呈心裏甚是虛怯。

「別怕，我袒護你，儘快記下重點。」

「淑湲，你是否知悉內情？為何不早向我說？」子呈暗裏竊說。

「子呈，我知多少就是你知多少，請別再胡混，快寫筆記。」淑湲情非得已的模樣。

子呈就像貪食無饜的饕餮，必須儘快把握整個晚會的做法。子呈心裏越發不安，他覺得會議裏有股詭譎的氣味。從前大學裏學習是團結一致，現在似乎各自為政，只要稍為有些理性和工作經驗的人，不難聽出各部門主管各懷鬼胎，留有一手，無怪乎我們對外聯絡部從沒有聲氣，大概主管亦不信任我們。活動部的主管最可怕，活脱像鸚鵡，財政部與人力資源部的主管就像氣咻咻般，若果可以，子呈斗膽認為兩個主管巴不得將刻有公司名字的鋼筆向對方砸去，只可說這裏誰人都聽得出危機四伏，除了老闆，他一直點頭，狀甚滿意。

會議果真在一個小時內完結，不消一分鐘，各個部門的同事四散，對外聯絡部留下來開會。

*　*　*

對外聯絡部主管是國雄，一副猴崽子模樣。門一關上，他着令大家今夜留下，議程冗長，可他根本不曉得子呈有戀牀癖，瘦巴巴的他將會更加消瘦。

當然，子呈樂意留下來，這亦是國雄看重他的原因。「好，今天大家聽了活動部主管的建議，我們開始籌備一系列的聯繫工作。」

淑湲和子呈一組，他們的首要任務是覓得晚會的司儀。「好，我們先就近日紅透半邊天的明星寫一張長名單。」淑湲走至白板前，準備開寫，然後，她按捺不住地自說自話：「老實說，有些明星很想成功邀請，就像去年，你知道我當時多雀躍！」

子呈回說：「我們是否應先考究公司周年晚會想達至什麼目的，而什麼人選將呈現公司欲帶出的價值本質？」

淑湲說：「你是否想得過於複雜？你認為活動部會聽你的觀點嗎？我們儘管按活動部的要求尋找合乎條件的人。」

子呈不以為然，說：「不要常以為只可蟄伏，過去就是基於人人自危，結果固然缺乏溝通而導致活動鬆散，若不是我們公司名氣大，危機一早出現，你一定聽過公司業績下滑的風聲，誰會為我們未來幾年重新估價？是客戶。」

淑湲說：「你說得好容易。」

子呈說：「當然不容易，但嘗試是需要的。」

就在同一天黃昏時分，子呈逕往活動部找組長攀談，淑湲跟從在後。

活動部的燈光柔和，活動部組長是個女孩，說起話來像個有情調的人，她是方婷。

「你們好，有什麼可以幫忙？」方婷說。

「你好，我是對外聯絡部的子呈。我們想有效地聯繫合適的人擔任司儀，如果更清楚你們的想法，想必可邀請到你們滿意的人選。」

「當然，我們有半小時時間，足夠嗎？」

「足夠！感謝你。」

* * *

常有人說在人際關係極度密集的日子後，人卻喜歡孤獨。子呈在這大型晚會後，不同部門裏的人都有提起他，說他肯做事。子呈不敢倨傲，他要真誠作工，貨真價實。今天，公司派他前往北京洽談。甫踏出北京機場，一片陰霾比起想像中還要烈，機場外的道路上栽了一排樹，可是看不出樹的綠來。在同一個視點看，子呈不消一會已感覺精神渙散，就像無法自在地在街上蹓躂，正打算比暗夜的貓更潛藏。

大概北京市民都已練得百毒不侵，子呈瞧着幾個北京大叔在風沙中逆行而上，只見各人面不改容，眼睛什麼時候練得不刺不痛，反倒自己一副隨時窒息的樣子，十分可笑。子呈嘗試脱下緊戴着的口罩，趁過路時微微張口，可恨是碎沙小石以舌頭作餌，打得臉上口內都是刺麻，皮膚更不用説，不消一會已經全身黏稠，就像給一地的塵土討債，佈滿一身塵垢。

子呈逕回酒店，毫不猶豫地跑進浴室，洗一身的清白，猶如蒸餾水蒸餾過的純粹。驀地，靈機一閃，子呈發覺自己早已練成把任何事情都扣上公司事務的法門。許多跨國公司都不欲在北京舉行公司發佈會或周年晚會，原因顯然是因為空氣質素的緣故。子呈躺在五星級酒店浴缸內，虛擬所有跨國公司要員抵達北京後的每個細節。

外國公司的客戶抵達北京，公司必須安排職員接機，帶備口罩，隨時得用。然後，公司安排房車或中型旅巴接載客戶抵達酒店。酒店安排其他同事接待，協助登記取匙。若客戶迷戀浸浴，就當用心準備，好作配合；所有餐宴在房間或酒店餐廳享用，客戶自決。最重要是簽約儀式和晚會，全在同一所酒店舉行，完成後可直接折返房間，休息過後由專車送往機場。

子呈親身體驗自己構思與設計的路線與行程，爾後，他在酒店大堂咖啡廳坐下，點了法國紅酒。他摸了摸酒瓶底部，看了年份，着侍應可以開酒。就在紅酒傾倒之際，他重新沉溺自己已開始褪色的記憶，若不是過度的神經質與憂戚，他的考慮至少可以滿足大部分公司客戶的需要。

不消半年，公司採納了子呈的意見，子呈亦隨即升為對外聯絡部副組長，謠言亦是由那一天開始的。

謠言不僅是詛咒，它會使無辜的人萬劫不復。然而，子呈仍舊相信，笑而不答是對抗謠言的最理想方法。

自從擔任副組長，子呈成了公司裏最年輕的高層人員。就在許多不同的場合中，子呈開始打扮端莊，每次出入時正裝示人，有時還得結領帶，甚至衣服的條紋與色澤亦須有所考慮。這天，子呈穿着一套藍色襯以白色暗紋闊直條的西裝，這是子呈第一套名廠西裝。子呈購了一雙棗紅色牛津皮鞋，配搭格仔英倫風襪子和時尚腕錶，還有，他完全未有意料，公司送他一個時尚皮革名廠公事包，裏頭早已配搭卡片盒。子呈對於所有轉變費了不少時間適應，他曾經懷疑自己是否開始進入上流社會，展開上流社會的生活。

子呈回到公司，公司一眾同事都來了。同學間已開始流傳，子呈在不久將來，會給公司升作組長，取代猴崽子國雄。子呈回到房間，桌上好端端地擺放了蝴蝶蘭，濃郁的咖啡香，還有，無緣無故出現的香薰，氤氳的香氣飄散在整個房間。

子呈坐在房間座位上，準備下午的會議，以確保晚上的宴會萬無一失。淑湲今天穿搭亦與以往不同，如魅惑的婦人般，她替子呈檢視會議前的所有文件。

子呈站在房間的窗旁，他雙手插在褲袋內，眺望外頭的美好風光。今天的天色是這星期以來最理想的，天空一片澄藍，雲被風撕碎，淡薄得無法隔阻陽光。海很邈遠，有些來回商船在海上。高樓一直蓋，馬路上的私家車仍然擠塞在巴士和貨車羣中，典型繁華景象。淑湲在後頭看他，相當期待他今天的發言。

就在各人到達會議室後，子呈發言：「各位同事，大家好。今天，感謝大家。今天要說的有兩點，第一是往後同事可習慣早還家，陪伴家人；第二，不必送我東西。其他事情交予淑湲說明，謝謝。」

會議室內有些同事吐了吐舌頭，有些彼此對望，有些拍了拍桌子，覺得不可思議，同事在公司工作十多年來，從沒聽見這種建議。

冬日的寒風仍然妖冶，公司門外新栽種了兩棵大松柏，所有同事返回公司時捺不住走往松柏樹前自拍，沒料到子呈建議栽種的兩棵樹，竟然迅即替公司換來一番簇新的氣象。

老師感言

真誠何價？

這個世界到底怎樣指教我們待人處事的方式？許多時候社會教導我們以「智慧」行事，以為懂得走位，在不同的人面前、不同的處境下說不同的話、做不同的事。我們常常聽說，這種處事方式為靈活變通、圓滑。然而，老師一直教導學生不應取巧，要腳踏實地，雖然利字當頭，但原則不可超越。可幸，這個學生子呈能堅守着。

聽說子呈加入公關公司後，老師不期然對他有兩項擔心：一，日夜顛倒，無日無之的工作環境。二、爾虞我詐，「博上位」、「充大頭」的做事方法對從前中學裏的學習的確是帶來衝擊和挑戰。子呈曾經和老師分享在初入職時期，他曾有過多多少少的誘惑，讓他放開做事原則，以為工作有捷徑。後來，他看見一些同事不安分工作，導致悲慘的下場，令他猛然想起老師的話。在數年工作裏，每次與老師會面，子呈都會述說公司裏的人怎樣詭詐、如何可怕。然而，他總是分享自己已經懂得把品格的原則守在前頭。縱然吃虧，他就把受虧待的地方視為學習的機會。老師問他是阿Q精神嗎？他說不是，是確確切切的學習機會。這讓老師放心了。

有次，子呈分享自己有機會被公司派往北京工作，他有幸代表公司參與未來的工作規劃。老師提醒他務必把握這次機會，想像公司一直存在的問題，如果能藉這次機會好好解決，對公司或自己都是有益的。子呈性格好，不但聽話，而且有膽量，他多次勇於與不同部門的同事和組長表達個人看法，雖然公司文化不是這樣，然而，他卻替公司打開了許多溝通的門。想起中學時候，有相當多機會讓子呈負責早會宣佈，又在不同場合負責、帶領與分享。這種樂意表達自己的性情，就這樣培養好了。直至他投身工作，正正基於他的單純、善良與果敢，使他在更短時間內成為公司裏重要的員工。盼望子呈在將來的日子裏，繼續有胸襟、有視野，把握處事原則，在業界成為榜樣。